Le grain de beauté

Du même auteur

Aux éditions du Seuil

Anne-Sarah K., 2019

Barbe rose, 2016

La maternité, 2012

Les carnets blancs, 2010

Chez d'autres éditeurs

La fin des nuages, Julliard, 2023

Marc Beltra, roman autour d'une disparition, Omniscience, 2013

Les corps fermés, Emoticourt, 2012

Mathieu Simonet

Le grain de beauté

Philippe Rey

Mathieu Simonet est représenté par l'agence Catherine Nabokov
et Linwood Messina Literary Agency.

62, rue de Turbigo – 75003 Paris
www.philippe-rey.fr

À Jonas, le premier à avoir épousé
un homme sur l'île d'Ouessant

Les micro-folies

1

Je ne m'étais pas mis à genoux depuis plus de vingt ans.

Ce n'est pas tout à fait vrai. Cela m'était arrivé pour jouer au garçon soumis, pour trouver un roman au pied de ma bibliothèque ou pour expérimenter un cours de yoga. Mais je n'avais plus adopté cette attitude dans l'intention de prier depuis les années 80 ou le début des années 90.

Ce jour-là était différent ; Benoît, mon amoureux, venait de mourir. J'étais dans la chambre qu'il occupait dans un centre de soins palliatifs et j'ai ressenti le besoin, un besoin impérieux, de me mettre à genoux et de prier, alors que je ne suis plus croyant depuis des décennies. Cette injonction venait de très loin, du fond de mon cerveau.

Je crois que j'avais demandé à être seul ; les amis étaient nombreux à attendre dans le couloir. Le personnel médical s'était retiré : « Prenez votre temps. » C'est ainsi que, pour la première fois de ma vie, je me suis retrouvé en tête à tête avec le cadavre de Benoît. Lui, allongé et surélevé. Moi, à genoux et au sol. Et j'ai prié, en collant mes paumes l'une contre l'autre, les doigts élancés vers le ciel. Toutes les forces de mon enfance, dans les années 70, quand je croyais en une divinité, sont venues à mon secours pendant quelques minutes. Rien dans cette pièce n'était crédible. La mort de Benoît était aussi improbable que l'apparition de la Vierge.

Cette scène m'a procuré une certaine paix. J'ai compris qu'au milieu de la dépression qui allait sans doute s'abattre sur moi, pour une durée que je ne maîtrisais pas, j'allais également vivre des expériences nouvelles, douces, fortes, grâce à Benoît. D'une certaine manière, nous allions continuer de vivre ensemble, autrement. J'allais ainsi apprendre à « vivre avec mes morts ».

Benoît était le second que je rencontrais. Le premier avait été ma mère, onze ans plus tôt.

Je me souviens qu'au moment où elle est décédée, le 4 juillet 2009 à 14h55, personne n'était à son chevet. Le personnel du centre de soins palliatifs nous avait prévenus : même lorsque les familles sont disponibles 24 heures sur 24, les malades meurent généralement seuls.

Une médecin m'avait raconté l'histoire d'une femme qui veillait son mari, nuit et jour. Il est mort pile au moment où elle s'est absentée pour aller aux toilettes. Je trouvais que c'était une mauvaise blague. Je ne savais pas s'il l'avait fait exprès, ou si c'était le fruit du hasard.

Toujours est-il que cette prophétie, cette solitude du futur cadavre, s'est révélée exacte pour maman : sa mort, l'instant précis de son décès, resterait pour toujours un mystère. Même l'heure officielle est une fiction : « 14h55 » correspond aux chiffres que j'avais notés en entrant dans sa chambre. Mais en réalité elle était morte un peu avant, au moment où une de mes tantes était descendue dans le jardin pour que je prenne la relève.

Pour Benoît aussi, nous étions nombreux. On buvait, on riait ; parfois on chuchotait. On savait qu'il allait mourir dans quelques jours. Depuis qu'il était ici, je dormais à côté de lui sur un lit pliant. Les petits déjeuners étaient souvent joyeux, car Benoît avait de l'énergie après une nuit de sommeil.

Un soir, nous sommes allés dîner dans une pizzeria. Benoît dormait déjà. Il était 21 heures. C'était la fin des visites. On devait être une trentaine auprès de lui. Quatre parmi nous sont partis en éclaireurs.

En sortant du centre, je me souviens d'avoir vu dans le jardin une adolescente qui pleurait (la filleule de Benoît peut-être ?). Quand on est arrivés dans le restaurant, il y avait un brouhaha joyeux entre nous. Le sentiment (étrange) d'avoir été efficace.

La journée avait été épuisante. J'avais des plaques rouges sur le visage. Sur une banquette, à ma gauche, ma cousine s'était assise ; à ma droite il y avait Mona, qui était enceinte. La veille, elle avait annoncé à Benoît que sa fille naîtrait probablement le 12 mai, le jour de son anniversaire ; cette coïncidence m'avait bouleversé.

On avait eu le temps de commander quelque chose à boire, peut-être une grande bouteille d'eau gazeuse. Sandrine était encore debout ; et là, j'ai reçu un coup de fil de Cathy, qui était restée dans le centre de soins palliatifs.

J'ai hésité à décrocher ; j'avais envie de me poser. Depuis quelques jours, j'étais devenu le centre d'appel des proches de Benoît. J'envoyais des textos collectifs. Ce n'était pas suffisant ; on voulait entendre ma voix.

Je laisse toujours mon téléphone en mode « silencieux » ; il ne vibre même pas. C'est ma méthode, depuis longtemps, pour conserver un peu d'espace. Souvent, je mets un certain temps avant de constater que quelqu'un m'a appelé. Mais là j'ai vu le prénom « Cathy » apparaître sur l'écran ; mon téléphone était posé sur la table. Mona était en train de me parler. Je voulais me concentrer sur ce qu'elle me disait. Pendant quelques secondes, j'ai décidé de ne pas répondre. Puis j'ai changé d'avis. Car j'ai pensé que Cathy voulait sans doute nous rejoindre et qu'elle ne savait pas où se trouvait le restaurant. J'étais presque fier de décrocher, alors que j'étais sur le point de la snober. J'ai voulu le lui dire. Cathy, de sa voix rapide et douce (un peu comme si elle chuchotait pour ne déranger personne), ne m'a pas laissé le temps de parler : « Reviens tout de suite. »

À cet instant précis, je comprends que Benoît est mort. On n'avait pas encore commandé. Ou si, peut-être. J'étais gêné pour la serveuse. Sandrine, qui me voit me lever, enfiler mon manteau à la hâte, dit : « Je m'occupe de tout. » Je n'ai rien à payer. Juste à courir. Je comprends que la mort de Benoît va tout changer. Que le monde sera différent. J'aimerais revenir en arrière, de quelques minutes. Savoir qu'il est encore vivant. Je cours. J'ai un besoin impérieux de le retrouver. C'est tout droit. La pizzeria est sur le même trottoir que le centre de soins palliatifs.

Sur le chemin, je croise François (ou Thomas ?) qui est parti me chercher. Je ne m'arrête pas. On s'observe un instant, comme dans un film au ralenti. Il reste figé. Me regarde, tel un marathonien qu'on encourage. Et je cours. Cette apparition de François dans la nuit est une confirmation de la mort de Benoît. Je sens des sanglots qui montent mais je ne pleure pas. Courir le plus rapidement possible est un objectif qui devient pour moi vital. Je ne pense plus qu'à ça. Caresser son corps quand il est encore chaud.

Je pénètre dans le centre de soins palliatifs ; tout le monde est au courant. Tous les amis sont là. Il y a un silence. On me laisse courir. Personne ne cherche à me prendre dans ses bras. Personne ne parle. Chacun sait qu'il faut que je retrouve Benoît. Son cadavre. Pour m'agenouiller devant lui.

J'entre dans sa chambre. Deux infirmières sont autour du lit. L'une d'elles me dit : « Il est encore vivant. » Je m'assois sur le bord du lit. Je prends sa main. Il la serre. Puis il meurt, presque instantanément.

2

J'ai rencontré Benoît dans une boîte de nuit il y a vingt ans. Nous avions tous les deux la trentaine. Il portait des vêtements noirs et n'aimait pas danser.

Très vite, on a emménagé ensemble. Je n'étais pas amoureux de lui. Je restais pour lui faire plaisir. Et parce qu'il m'apportait le confort psychologique dont j'avais besoin. Il était « ordonné », contrairement à moi. Ce n'était pas simplement un problème logistique mais une faille dans ma personnalité, que j'associe, à tort ou à raison, à mes parents soixante-huitards, à leur dégoût compulsif de tout ce qui pourrait s'apparenter à la droite, à commencer par mettre de l'ordre, y compris dans sa chambre.

Souvent je dis que j'adore la routine, le quotidien. Cela peut faire sourire ; parfois, on ne me croit pas. Mais tout est lié je crois. J'ai l'impression d'avoir été lancé dans le vide pendant l'enfance, avec une corde accrochée à la cheville, et cette liberté incroyable que mes parents m'ont offerte a un coût, un coût invisible que je paye encore à cinquante ans et des poussières.

Benoît n'incarnait pas que l'ordre. Il représentait aussi la douceur (j'éprouvais vis-à-vis de la violence un rejet impulsif). Il me stimulait intellectuellement et artistiquement, me faisant découvrir l'univers de chanteurs ou chanteuses qui me ravissaient. Par ailleurs, il s'intéressait à mon travail d'écrivain, alors que je n'étais pas encore publié, ce qui n'était pas si courant.

La plupart des garçons que j'avais rencontrés considéraient ça d'un air distant, comme une lubie qui ne fait pas de tache, sans étincelle. Benoît, lui, me soutenait, croyait intensément dans mon écriture.

Au début de notre relation, il a rencontré ma mère, qui avait un cancer des os, ainsi que certaines de ses sœurs. Maman avait un ventre énorme, des yeux bicolores, des jambes toutes fines, un corps assez maigre, comme si tout allait s'écrouler. On avait bu du champagne dans l'appartement où je venais d'emménager avec ma cousine Élodie.

Très vite, Benoît s'est fondu dans ma famille ; cela m'apportait une forme de paix intérieure. Et surtout, il m'aimait, je sentais son regard me dévorer. Contrairement à certains, qui fuient toute personne leur disant « Je t'aime », je me sentais attiré par les hommes qui me faisaient des déclarations d'amour.

Je crois profondément que quelqu'un qui m'aime ou me trouve beau n'est pas une personne objective qui détecterait des qualités dont je serais pourvu. Elle a juste dans le regard ou le cerveau une série de filtres lui permettant de me magnifier, pour des raisons complexes, qui dépendent moins de mes qualités que de ses failles ou de sa sensibilité.

Au bout d'un certain temps, je suis moi aussi tombé « amoureux ». Sans être certain que cette expression soit la plus précise. Il y avait quelque chose de sérieux entre nous. On vivait des émotions d'adultes alors que, jusqu'ici, j'avais associé l'amour à des émotions d'enfance.

3

Après avoir prié devant le cadavre de Benoît, je me suis relevé. J'ai fait quelques pas autour du lit. Je me souviens d'être allé jusqu'à la fenêtre. J'avais l'impression d'être une poule à qui on aurait coupé la tête. Tout paraissait normal et plus rien ne l'était. Puis j'ai ouvert la porte de sa chambre ; il y avait une foule dans le couloir. De nouveaux amis arrivaient en silence, avec des mouvements au ralenti. Les uns après les autres, ils me prenaient dans leurs bras. Une infirmière m'a interrompu dans cette marche lente. Elle voulait que je revienne en arrière. Une médecin de garde allait vérifier si Benoît était mort. Mon rythme cardiaque s'est accéléré. S'il fallait *vérifier*, c'est que, peut-être, il était vivant. Nous avons fermé la porte. Quelques minutes plus tard, une femme qui ressemblait à une ballerine, les cheveux blonds, avec un chignon strict, est entrée dans la pièce ; ses mouvements étaient lents et précis. Elle ressemblait à ces automates qu'on voit dans des boîtes à musique. Cette médecin n'a pas dit un mot. Elle s'est dirigée vers le lit. J'avais le souffle coupé. J'étais fasciné par ses gestes. Elle a touché le poignet de Benoît. Puis une veine en particulier au niveau du cou. Elle a levé les yeux, en direction de l'infirmière. A hoché la tête avec une infinie douceur. C'était le geste couperet. Je me suis senti transpercé. Elle venait de m'annoncer la mort de Benoît. C'était la troisième fois depuis le début de la soirée (d'abord Cathy, avec sa phrase: « Reviens vite », puis Benoît, avec la pression de ses doigts qu'il relâche, et maintenant cette professionnelle qui hochait la tête pour prononcer la mort).

Cette femme, qui semblait venir de l'Est, avec la force de son mouvement de tête, venait de m'offrir une part de beauté qui me consolait, avant que je ne perde pied.

Le certificat de décès a été rédigé dans la foulée. Aujourd'hui encore, il me semble que l'heure mentionnée ne correspond à rien. Ni à celle de la mort réelle de Benoît, dont j'avais pourtant été le témoin (mais je n'avais pas eu la présence d'esprit de regarder l'heure à ce moment-là), ni à celle de l'entrée en scène de la médecin-ballerine. Tout avait été falsifié, avec trente minutes d'avance ou de retard, je ne m'en souviens plus. Cette erreur administrative m'avait chiffonné, sans que je sache exactement pourquoi, comme si la mort de Benoît ne pouvait plus s'inscrire sur la partition du temps.

4

Quatre ans après ma rencontre avec Benoît, un éditeur m'a appelé pour m'annoncer que mon premier roman allait être publié.

À cette époque, on habitait le XXe arrondissement, dans l'appartement de Benoît que je n'aimais pas beaucoup. Je le trouvais trop petit, au sein d'un immeuble austère, à proximité du périphérique.

En 2009, maman est morte. Avec l'argent qu'elle m'a légué, on a pu acheter l'appartement de Benoît, y installer un locataire, et déménager dans un logement plus grand, au centre de Paris.

En 2011, Benoît a créé le festival de musique Fnac Live, qui se tient sur le parvis de l'Hôtel de Ville de Paris.

En 2013, la loi sur le mariage pour tous a été adoptée.

Cette nouvelle nous a bouleversés. Nous l'avons apprise en regardant la télévision. Nous étions assis, côte à côte, dans des fauteuils club. Je pianotais sur mon téléphone portable. Sur Facebook, j'ai écrit : « Baptiste, veux-tu m'épouser ? » Je recevais plein de commentaires, parfois de personnes qui ne connaissaient ni Benoît ni son double de papier : Baptiste (le pseudo que je lui attribuais dans mes romans).

Benoît était affligé par ma demande en mariage via Facebook alors que je me trouvais à quelques centimètres de lui. Certains internautes, qui ne le connaissaient pas en chair et en os mais qui l'avaient croisé dans mes livres, laissaient des messages pour l'encourager : « Baptiste, dis oui !!!! » Cela rendait Benoît de plus en plus dingue. Il secouait la tête, l'air de dire : « Vous êtes tous zinzins. »

En fin de soirée, il m'a répondu « Oui » par texto.

La veille de la cérémonie, un sociologue est venu nous interviewer. « Pourquoi vous mariez-vous ?

– Parce que c'est un geste politique », ai-je répondu sans hésiter.

Benoît était choqué par ma réponse : « Tu ne te maries pas par amour ?

– Non. »

Bien sûr que j'étais amoureux de lui. Je ne l'avais jamais autant été. Mais justement, peut-être parce que je me méfiais des preuves d'amour, parce que je ne supportais pas qu'on m'en demande, je ne voulais pas me marier a priori.

Oui, l'engagement politique avait été mon seul moteur pour demander Benoît en mariage. Je voulais qu'il soit un jour simple, fluide, naturel, de dire mon « mari » sans que cela évoque une caricature de *La Cage aux folles*. Je me souviens très bien qu'à cette époque je n'aimais pas ce mot, je le trouvais ridicule, mais je savais aussi que c'était la conséquence d'une construction sociale, rien de plus.

Benoît m'écoutait, le visage fermé, manifestement blessé ; il en était à remettre en cause notre mariage.

Devant le sociologue (amusé ou dépité), on mettait sur la table nos tensions, les malentendus que chaque symbole génère car ils contiennent en eux beaucoup plus qu'il n'y paraît. Ce sont des révélateurs de notre enfance, de notre famille, de nos blessures, de nos fantasmes, grands ou petits.

Pour Benoît, le mariage se résumait surtout au « livret de famille » qu'on allait nous délivrer le lendemain : « Tu te rends compte ? On va former une famille ! » Non, je ne m'en rendais pas compte. Cela me semblait même relativement anodin, ces considérations administratives.

Nous n'étions finalement d'accord sur rien, pas même sur les costumes. Je ne voulais aucun attribut d'une cérémonie officielle. Aucune alliance (il avait fini par consentir à cette entorse). Aucune veste. Oui, je pensais venir en jean. Pour Benoît, je venais de franchir la ligne rouge : « Si tu arrives en jean, sans veste, je dirai non. Je refuserai de me marier. » C'était comme une provocation de sa part ; j'avais envie de le défier. Et puis non, je voulais le prendre dans mes bras. « D'accord, je mettrai une veste. »

Nous n'avions pas de liste d'invités. Tout le monde pouvait se joindre à nous. Il suffisait de venir avec une fleur à la main, comme pour une contre-manifestation aux défilés de la Manif pour tous.

Ce jour-là, le père de Benoît avait refusé de venir. Il en était de même pour le mari de ma cousine. Député à l'Assemblée nationale, il s'était opposé à la loi sur le mariage pour tous. Il avait assisté à notre cérémonie de Pacs mais il ne pouvait pas aller plus loin. Ma cousine, elle, était une de nos témoins.

Je me souviens de l'officier d'état civil, une femme austère, au visage ingrat, qui faisait la gueule. Nous étions le premier mariage du même sexe dans cette mairie.

Benoît s'était inquiété en apprenant que notre adresse serait affichée pour la publication des bans. Je me souviens en particulier d'un micro-stress, le jour J, en ouvrant la porte de notre immeuble : nous avions peur d'être insultés ou bousculés.

Tout s'est finalement bien passé ; aucun contre-manifestant n'est venu nous reprocher quoi que ce soit.

Parmi les absents, il y avait le père de Benoît et le mien, que je n'avais pas vraiment invité (je l'avais prévenu du bout des lèvres ;

au dernier moment, en lui précisant qu'il ne fallait surtout pas qu'il se sente obligé ; mon père avait compris le message).

Au premier rang, il y avait des enfants. Cela me bouleversait qu'ils puissent assister à un mariage entre deux hommes sans que cela pose de difficulté ; j'étais stupéfait par cette transformation de la société qui se déroulait sous nos yeux. Il y avait juste cette femme, l'officier d'état civil, qui semblait être contre nous ; qui ne faisait même pas semblant, qui ne décrochait aucun sourire.

Heureusement, le maire (celui qui avait célébré notre cérémonie de Pacs deux ans plus tôt) ne boudait pas sa joie. Il était militant d'une loi instaurant un mariage pour tous depuis longtemps.

Benoît, qui était si pudique, avait suggéré qu'on se prenne dans nos bras lorsque le mariage serait prononcé. Et c'est à cet instant précis, alors que la salle applaudissait dans un brouhaha intense, que l'officier d'état civil a fondu en larmes.

Soudain, je comprenais notre méprise : elle ne faisait pas la gueule, au contraire, elle essayait juste de retenir ses émotions depuis le début de la cérémonie. Benoît et moi sommes allés l'embrasser, lui faire un câlin. Et tous, nous avions des larmes aux yeux.

Dehors, il faisait un temps confortable. Nous étions un vendredi, c'était le 21 juin, le jour de la fête de la Musique.

Pour la suite nous n'avions rien prévu, si ce n'est de nous rendre dans les jardins du Palais-Royal ; la plupart avaient apporté une bouteille de champagne. Dans la soirée, nous avons improvisé un dîner (des pâtes bolognaise), avec celles et ceux qui le souhaitaient, dans la maison de François à Ivry.

Benoît était désormais mon « mari » ; il allait falloir que j'ose prononcer ce mot en public. La première fois, c'était par téléphone. Avec une compagnie d'assurances. Je n'étais pas à l'aise mais j'étais fier d'avoir réussi à articuler ces deux syllabes comme si elles allaient de soi : mon « ma-ri ». La deuxième fois, cela avait été plus compliqué, ce n'était plus par téléphone mais lors d'une réunion chez un notaire, à une cinquantaine de kilomètres de Paris, pour la vente d'un terrain sans valeur qui appartenait à ma mère. Lors de cette transaction, j'avais dû préciser que j'étais marié. Avec « Benoît Brayer ». Et ma voix s'était nouée. Tout le monde autour de la table semblait partager ce léger malaise, « Ah oui, c'est vrai, la loi est passée », semblaient-ils se dire. C'était maintenant du concret. Et il allait falloir faire avec.

Paradoxalement, je n'ai jamais couché avec mon « mari ». La dernière fois que nous avons fait l'amour, c'était à Stockholm, quelques mois avant notre mariage. Ça avait été un peu maladroit, comme d'habitude, mais quelque chose s'était passé. Ensuite, plus rien. Jamais. Pendant sept ans, nous n'avons eu aucune relation sexuelle. Pour autant, à aucun moment je n'ai douté de mon amour pour Benoît. Ni du sien. Nous passions toutes nos nuits enlacés. Pour moi, dormir avec lui était mille fois plus précieux que n'importe quel plan cul.

Après notre mariage, nous avons vécu quelques années miraculeuses. Benoît s'épanouissait dans son travail ; moi aussi. On alliait une forme d'indépendance et de relation fusionnelle. Mon amour pour lui était croissant, et réciproquement. À aucun moment je n'ai envisagé que nous puissions nous quitter. Le trouver à côté de moi au réveil était un bonheur immense, toujours renouvelé. Me lover contre lui. Lui raconter, comme dans un feuilleton, les mille rebondissements de ma vie. Ce qui impliquait d'avoir une bonne expertise des épisodes précédents pour en comprendre la saveur, le tragique, l'humour. Et il en était de même pour Benoît, qui était plus discret, plus pudique, plus prudent, mais dont j'étais, je le savais, l'oreille de ses multiples secrets, angoisses et passions.

Cet âge d'or de notre relation s'est fissuré en mai 2017, quelques jours avant nos anniversaires respectifs. Il allait bientôt avoir quarante-quatre ans.

Ce matin-là, au milieu du printemps, Benoît m'a expliqué qu'il venait de cracher du sang ; il était un peu inquiet.

5

Le cadavre de Benoît est resté dans la chambre.

Je n'ai pas voulu me coucher à côté de lui. Je suis allé dormir dans une autre pièce, réservée aux familles. C'était la première nuit, depuis longtemps, que je n'étais pas allongé près de lui. Je n'arrivais pas à trouver le sommeil.

J'avais préparé un texte à publier le lendemain sur Facebook. Plusieurs de ses amis, et la plupart de ses relations professionnelles, ne savaient toujours pas que Benoît était malade. Il était pudique, de manière presque psychopathe. Il aurait probablement pu devenir un agent secret efficace. Plusieurs fois il m'avait reproché d'utiliser les réseaux sociaux à mauvais escient. « Tu communiques sans objectif. » Lui anticipait tout. J'étais impulsif. Surtout dans l'écriture. Mon amie d'enfance avait voulu dormir avec moi. J'avais refusé. J'avais besoin de solitude. J'étais extrêmement entouré. La solitude était devenue une denrée rare.

Je me souviens qu'écrire ce texte pour Facebook m'avait apporté de la douceur. Le publier, au contraire, avait provoqué un pic d'angoisse. Je culpabilisais sans savoir exactement pourquoi. Et puis très vite, les likes et commentaires m'ont procuré un réconfort virtuel auquel je ne m'attendais pas. Un réconfort sans contrepartie, sans obligation de dire « merci », que je pouvais aller chercher à tout moment, sans être vu.

Cette peine que des amis, membres de la famille, inconnus, exprimaient, cela m'apportait une joie étrange et de la force. J'étais un affamé. Je récoltais les miettes que je trouvais sur mon passage, sans aucune pudeur.

Ce texte a été publié sur les réseaux sociaux à 7 h 34 du matin. J'y ai joint une interview que Benoît avait donnée quelques mois plus tôt. On y voit son visage de face. Il a l'air sage. Il porte une chemise bleue sous un pull à col rond. Il ne sourit pas. Son regard est profond.

Vers 8 heures, en sortant de la chambre, j'ai croisé l'infirmière de la veille ; elle terminait son service après une nuit de garde. Elle s'est arrêtée quelques minutes devant ma porte. Elle m'a expliqué : « Nous sommes formées pour détecter les signes avant-coureurs de la mort. Lorsque j'ai senti venir la toute fin, j'ai demandé qu'on vous appelle. Il ne lui restait plus que quelques instants à vivre. Je pensais que vous attendiez dans le hall. Une de vos amies m'a prévenue que vous étiez parti dîner. Je suis revenue dans la chambre. Je lui ai dit : *On est allé chercher votre mari*. Et là, c'était incroyable : il a repris son souffle. Une grande inspiration. Et je ne croyais pas que ce serait possible : il vous a attendu. »

6

Benoît a laissé peu de traces de lui.

Six mois avant sa mort, il avait rédigé, sur un carnet jaune, des notes autobiographiques qu'il appelait des « haïkus ». Il les composait en un jet, sans aucune rature, à partir d'un mot.

Ces textes ont été écrits chez un couple d'amis, dans le cadre d'une mini-résidence d'écriture. Chaque soir, il nous égrenait les différents titres : on en choisissait un, qu'il nous dévoilait avec une certaine gourmandise.

« **L'INTRUS.** À dix ans, j'avais déjà vu le cadavre de mon chat, de volailles, de lapins et de ma grand-mère. Je ne m'en suis jamais vraiment remis. »

« **QUEEN MUM.** Chaque après-midi, nous prenions le thé avec ma mère, un Earl Grey, sans sucre, avec un nuage de lait. On y plongeait quelques biscuits, on ne parlait pas forcément, mais cette pause était rituelle. Elle était précieuse. »

« **SWANN.** J'ai grandi entre les tracteurs des fermes de mon grand-père et de mes oncles, et les camions-citernes de gasoil et de fuel de mon père. L'odeur du carburant et du diesel me replonge instantanément en enfance. Madeleine fossile. »

7

Quelques semaines avant sa mort, une question m'a trotté dans la tête : préférerait-il se faire incinérer ou être enterré ? Ce dilemme me brûlait les lèvres. Je ne voulais pas me planter. J'attendais son autorisation pour lui en parler.

Un matin, il a ouvert une brèche. Il m'a demandé : « Comment tu vois la suite ?

– Euh… Je ne sais pas… Tu voudrais te faire incinérer ou tu préférerais être enterré ? »

Je surjouais un peu. Je faisais semblant d'être détaché, d'être à l'aise avec cette question. Je ne voulais pas qu'il y ait de gêne entre nous pour parler de la mort, ce nouveau grand projet qui nous tendait ses bras. Benoît m'a regardé, paniqué : « C'est beaucoup trop concret pour moi. »

J'avais honte. J'avais l'impression de m'être mis à poil dans la rue. D'avoir déféqué sur une table. Je ne savais plus comment revenir en arrière. J'étais en stress. Benoît aussi.

Le jour même, je suis allé voir la psy de l'hôpital. Elle m'a donné un conseil important que j'ai suivi à la lettre : il ne faut jamais aller plus vite que le patient. « Il vous a demandé comment vous voyez la suite, il n'a pas parlé d'incinération. Au mieux, vous pouvez lui demander ce qu'il entend par là. Accompagner un mourant, c'est faire une danse à deux ; et parfois c'est à l'autre de diriger cette danse. »

Dans les jours qui ont suivi, cette règle m'a été précieuse. Je l'avais partagée avec quelques proches. C'était comme une chorégraphie dont nous étions maintenant les initiés. Par la suite, plus jamais je ne me suis planté ; plus jamais je ne lui ai piétiné les pieds dans cette ultime danse.

8

« **LA RÉPONSE.** Personne n'a jamais su répondre à mes questions sur la mort, ni apaiser mes doutes, mes peurs, mes angoisses. Personne n'est jamais parvenu à m'en justifier l'absurdité, l'infamie, le vertige infini.

À l'adolescence, j'ai reproché à ma mère de m'avoir mis au monde, j'aurais préféré ne pas être né. Elle a été choquée et m'en a beaucoup voulu. Mais je le pense encore. »

9

Au début de notre relation, j'ai proposé à Benoît de m'accompagner au Père-Lachaise. Je voulais lui montrer notre caveau de famille, qui date du XIXe siècle. C'est un monument sobre, relativement étroit, qui ressemble à un coffre en pierre. Plusieurs cercueils y sont empilés les uns sur les autres. Je crois que j'ai toujours été un peu fier de ce caveau. Comme un blason familial. Le caveau du bon goût. Pas trop clinquant. À proximité de la tombe de Jim Morrison.

Le 6 avril 1987, mon grand-père y a été enterré. Trois mois plus tard, sa belle-mère l'a rejoint. Compte tenu de l'ordre des décès, elle était positionnée au-dessus de son gendre.

Ma grand-mère avait eu le temps d'y penser pendant vingt ans. Elle ne voulait pas que sa mère fasse écran entre elle et son mari. C'est pourquoi elle avait exprimé dans ses dernières volontés le souhait (l'ordre ?) que les cercueils soient déplacés, que sa mère soit ravalée plus loin vers le centre de la terre, seule solution pour que mes grands-parents soient réunis pour l'éternité. Je ne savais pas trop quoi penser de ce projet. Je le trouvais incroyablement romantique et un peu glauque.

Maman est décédée deux ans après sa mère.

Elle savait qu'il ne restait plus beaucoup de place dans notre caveau. Peut-être par politesse vis-à-vis de ses frère et sœurs, elle avait demandé à être incinérée. C'était la première de la famille à faire ce choix.

Devant le caveau familial, l'employé des pompes funèbres avait demandé où positionner l'urne : « Tout à gauche ! » avaient hurlé en riant les sœurs de maman, qui votaient plutôt à droite alors que ma mère se revendiquait d'extrême gauche : elle votait Arlette Laguiller. Depuis toujours, elle rêvait de jours meilleurs.

10

Combien de temps dure le deuil ?

C'est une question que je me suis posée à la mort de maman. Le deuil correspond-il à un cycle ou à un puits sans fond dont on ne reviendrait jamais ? J'étais très proche de ma mère. On déjeunait ensemble tous les dimanches. Je l'appelais chaque jour. Ma vie était articulée autour de cette relation ombilicale et de deux autres personnes : Benoît et Anne-Sarah, ma meilleure amie. Tous les trois constituaient les piliers de ma vie. Le premier venait de s'effondrer.

Depuis les obsèques de maman, la vie avait perdu ses couleurs. Tout était passé en noir et blanc. J'éprouvais même parfois l'envie de mourir, pas tant pour rejoindre ma mère ou par désespoir, mais pour une raison plus prosaïque : par flemme ; parce que je n'avais pas très envie de connaître la suite. La vie sans maman m'ennuyait. Même la publication au Seuil de mon premier roman, six mois après son décès, ne m'apportait pas un réel enthousiasme ; j'étais devenu un mort-vivant.

Et puis, un jour, un de mes amis a prononcé ces phrases qui m'ont transformé : « Le deuil dure un an, quatre saisons, il faut que tu tiennes. Que tu fasses le dos rond. Une année après sa mort, tu souffriras encore, mais tu ne te sentiras plus mort-vivant. »

Faire le dos rond. Personne ne m'avait donné un conseil aussi précieux.

Quelques semaines plus tard, j'ai vu un psy. Et au bout d'un an, un peu comme dans un conte, j'ai constaté qu'effectivement je retrouvais le goût de la vie. Mes sens se remettaient en éveil : la vue, l'odorat, le toucher, l'ouïe, le goût ; même l'envie de pleurer s'estompait.

Ainsi, il y avait un secret quand on était en deuil. Il fallait attendre un an. C'est tout. Par la suite, lorsque je croisais un homme ou une femme qui avait perdu un de ses parents, je lui donnais à mon tour ce conseil. Comme une formule magique qu'on transmettrait de génération en génération.

Je me souviens d'une femme en particulier, qui venait de perdre sa mère. Dans un cocktail, je lui avais glissé ce secret, que seuls les initiés pouvaient comprendre : « Dans un an, vous souffrirez moins. » Sa coupe de champagne à la main, elle m'avait regardé d'un air incrédule. Mais comme moi à l'époque du décès de maman, elle s'était accrochée à ce mirage, parce qu'il n'y avait finalement pas grand-chose d'autre pour se consoler. Pour croire en un monde meilleur.

Je l'ai revue à la remise d'un prix où nous étions invités tous les deux. Elle est venue me saluer : « J'aimerais vous remercier. » Elle me confirmait qu'elle avait ressenti une forme de soulagement un an pile après la mort de sa mère. Pas du fait qu'elle soit partie, bien au contraire. Mais parce qu'à nouveau elle respirait, un peu comme si son pouls rebattait normalement. À nouveau, elle était sur l'autre rive, dans la vraie vie.

Convaincu que je détenais un trésor, une leçon de vie, je continuais de la diffuser allègrement ; et puis, un jour, on est venu écorner mes certitudes. Au début, je n'y prêtais pas vraiment attention. Mais la rumeur a enflé. Tout le monde la propageait : « Faire son deuil, mais quelle horreur ! » Moi, j'avais au contraire l'impression que c'était la chose la plus importante à apprendre. Se rouler sur soi-même, lâcher prise, attendre que l'orage passe, patienter un an sans s'inquiéter outre mesure. Comme après avoir pris des champignons hallucinogènes. Garder une part de libre arbitre. Savoir que les éléphants roses que l'on voit ne sont pas réels. Qu'ils ne nous feront pas de mal.

Un double mouvement était alors à l'œuvre : j'avais la preuve que cette formule magique fonctionnait, mais j'avais aussi conscience que cette rumeur prenait de plus en plus d'ampleur. « Faire son deuil » était une expression honnie. Et j'en comprenais bien les raisons. On fait la vaisselle, on fait du sport, mais on ne « fait » pas son deuil. Aller sur ce terrain était finalement aussi vulgaire que « faire » l'Asie en quinze jours.

Faire son deuil se résumait-il à respecter un protocole avec un résultat garanti ? Si oui, que faire de celles et ceux qui ne « feraient » pas leur deuil ? Les mettre au rebut ? N'était-ce pas une expression stupide et culpabilisante ? Car si on tirait un peu le fil, fallait-il en déduire qu'on avait le droit d'être triste un temps, mais pas trop longtemps ? Avais-je tort lorsque j'affirmais qu'au bout d'un an, après quatre saisons, après avoir épuisé toutes les dates du calendrier, tous ces anniversaires, une forme d'apaisement survenait, comme un esprit magique qui nous sortirait la tête de l'eau ?

Ce qui est certain, c'est qu'à la mort de Benoît, fort de mon expérience avec le deuil de maman, je me suis senti rassuré. Je savais qu'il fallait attendre un an. Cela avait marché la première fois ; il n'y avait aucune raison que la formule magique ne fonctionne plus.

11

Au détour d'une phrase, Benoît m'a précisé qu'il voulait être incinéré. Cela m'a soulagé. Savoir ce qu'il faudrait faire. Il m'a aussi indiqué qu'il souhaitait reposer au Père-Lachaise.

J'ai immédiatement demandé à mes tantes s'il pourrait être inhumé dans notre caveau. Je savais que c'était une pensée sacrilège. Cela m'a toujours intrigué : cette capacité que nous avons à mettre la mort au présent quelques heures ou quelques jours avant qu'elle n'intervienne. Je me souviens, par exemple, que j'avais commencé à rédiger le discours pour l'enterrement de maman avant son dernier souffle ; j'ai probablement dû faire pareil avec Benoît. Sans doute parce que l'écriture est un grigri qui nous console. Jouer à la mort comme on jouerait à la marchande.

Mes tantes m'ont tout de suite dit oui ; elles adoraient Benoît. Mais je savais qu'elles n'étaient pas seules. Il faudrait aussi convaincre leur frère, avec qui je n'étais plus en contact depuis longtemps. Or j'avais compris qu'il ne restait plus qu'une seule place dans notre caveau, et que mon oncle l'avait préemptée. Certes, je savais qu'il existait des méthodes pour gagner de l'espace : l'écrasement des cercueils les plus anciens. Mais je ne voulais pas en connaître le détail. Et surtout, j'avais pris les devants en précisant à mes tantes que Benoît (qui était tellement grand) prendrait peu de place : il serait incinéré, comme maman. Elles ont levé le bras avec douceur, l'air de dire : on s'en fiche ; il prendra l'espace qu'il faut. Or, pour moi, cette précision était essentielle ; son urne ne volerait la place de personne ; sa présence dans notre caveau ne modifierait rien à l'ordre des choses, à l'ordre des morts.

12

Quarante-huit heures après le décès de Benoît, mon oncle a adressé un e-mail à une de ses sœurs. Il lui écrivait qu'il avait remué ciel et terre pour empêcher que Benoît ne vienne « souiller » le caveau familial. Il avait pris rendez-vous avec un huissier, un notaire et un avocat. Il promettait une vendetta, un procès.

À l'époque, je ne connaissais rien au droit des cimetières. En cas de conflit, qui aurait le dernier mot ? Fallait-il l'accord de la majorité des héritiers ? L'unanimité ? Devions-nous ressortir l'arbre généalogique sur plus d'un siècle ? Ou organiser une grande assemblée générale des copropriétaires ?

Une de mes connaissances a demandé conseil à une amie qui préparait une thèse sur ces questions. Selon elle, chaque descendant en ligne directe, ainsi que son conjoint, est prioritaire sur les autres héritiers en fonction de l'ordre des décès.

En clair, je pouvais imposer que Benoît entre dans notre caveau, y compris s'il ne restait qu'une seule place disponible (et ce, même s'il avait voulu reposer dans un cercueil !).

Imaginer que Benoît aurait pu « voler » la sépulture de mon oncle me semblait terrifiant et jubilatoire.

Le dimanche suivant, je suis allé au Père-Lachaise avec Manu, la cousine adorée de Benoît. Je ne savais plus ce que je devais faire. Y enterrer mon mari ? Ou céder à mon oncle ?

Devant le caveau familial, Manu a eu une intuition : « Ce n'est pas ici que Benoît doit reposer. » J'ai alors pris conscience que j'avais menti par omission : inscrire Benoît dans notre caveau était davantage mon fantasme que le sien. C'est pourquoi je n'avais pas donné à ses proches tous les détails que Benoît m'avait confiés : « J'aimerais être à Paris, au Père-Lachaise si possible. Et si je pouvais ne pas être à côté de ta mère mais un peu plus loin, ce serait mieux. L'idéal serait que tu nous trouves une cabane pour tous les deux. »

Ce jour-là, j'ai compris qu'il ne devait surtout pas reposer ici. Je ne m'écrasais pas devant mon oncle. C'était le choix de Benoît, c'est tout.

Il ne partagerait donc pas notre caveau familial ; il serait inhumé ailleurs. Mais où ? Cette question m'obsédait depuis que j'avais pris connaissance de l'e-mail de mon oncle. Je ne voulais surtout pas prendre le risque que Benoît soit condamné à n'être nulle part, ou dans un endroit qui n'aurait pas été choisi.

La vie des endeuillés est rythmée par cette question supérieure : celle des morts. Du respect qu'on leur porte. Et du chagrin qui nous fait marcher, les bras ballants, à toute vitesse.

13

Dans ce cimetière, il existe un columbarium que je trouve très beau. Des milliers de cases à l'air libre dans lesquelles on peut poser des urnes.

Je suis allé sur place pour me projeter. Certaines sont tellement hautes que je me demandais s'il serait possible de se recueillir. Et il y en a tellement, partout. Mais l'idée me plaisait. Je respecterais ainsi le désir de Benoît : être au Père-Lachaise, et un peu éloigné de maman.

Malheureusement, selon les pompes funèbres, il n'y avait plus de places disponibles. Ou, plus précisément, les places étaient rares et distribuées au compte-gouttes. Il fallait être une « personnalité » ou une « personne en fauteuil roulant » pour y prétendre. Les critères n'étaient pas très clairs : à partir de quand pouvait-on être qualifié de personnalité ? Et qui devait être en fauteuil roulant ? Le défunt ou la famille ? À défaut, il restait de la place au sous-sol. J'étais allé vérifier ; je trouvais cela un peu glauque. J'expliquais aux pompes funèbres que Benoît avait créé un festival de musique sur le parvis de l'Hôtel de Ville, qui réunissait jusqu'à cent mille personnes. C'était donc une « personnalité ». Je sentais qu'ils n'étaient pas plus impressionnés que ça : « Vous pouvez toujours tenter. »

J'ai appelé toutes les personnes que je connaissais, de près ou de loin. J'ai ainsi été mis en contact avec le directeur du

Père-Lachaise. Il m'a reçu dans son bureau. Je n'étais pas très à l'aise avec l'idée d'obtenir un passe-droit. Il m'a tout de suite rassuré : avec lui, tout le monde est traité à égalité.

Depuis quelques années, m'a-t-il précisé, le Père-Lachaise réhabilite certains caveaux abandonnés pour les transformer en « chapelles cinéraires » : chaque famille dispose d'une case dans laquelle plusieurs urnes peuvent être déposées.

Le lendemain, il m'a fait visiter les trois chapelles disponibles du cimetière, notamment la plus petite, qui ne contient que quatre cases, située sur le « chemin de la cave ». J'ai immédiatement reconnu la cabane dont rêvait Benoît.

Cette chapelle venait tout juste d'être rénovée. Elle est en pierre blanche, sobre, facilement accessible. Toutes les places étaient libres. Pour en réserver une, il fallait avoir un défunt. Il n'était pas possible de bloquer un emplacement pour les vivants. Premier mort, premier servi.

J'ai choisi la troisième case en partant du bas. Puis j'ai commandé une pierre tombale avec le prénom et le nom de Benoît, son année de naissance et celle de son décès. Il fallait choisir la matière, la couleur des lettres, leur forme. Je ne voulais pas me planter. J'avais fait le tour du cimetière pour trouver de l'inspiration.

14

Les obsèques ont eu lieu deux jours plus tard, dans la grande salle du Père-Lachaise. Elle est surmontée d'un dôme majestueux. Je n'y étais pas retourné depuis la mort de maman. À l'époque, Benoît était assis à côté de moi. Désormais, il était allongé dans son cercueil.

Nous étions trois cents entassés sous le dôme. Je me souviens d'un ami de Benoît, une relation professionnelle, que j'avais croisé plusieurs fois, qui m'avait toujours touché ; il avait accepté de laisser sa place pour qu'un cousin puisse entrer. Beaucoup étaient debout.

La veille, j'étais allé acheter un pantalon. Je savais que Benoît y aurait été sensible. J'avais demandé de l'aide à une vendeuse. Elle m'avait dit : « Celui-ci vous va parfaitement. » Il était élégant, noir mais un peu original, à peine. Lorsque j'avais expliqué à la vendeuse que c'était pour un enterrement, elle s'était rétractée : « Ah non, ce n'est pas possible pour un enterrement. » Mais c'était trop tard, mon choix était fait.

Je l'ai regretté dès que je suis arrivé devant le cimetière. Mes chaussures n'étaient pas suffisamment assorties. J'avais l'impression de porter un pantalon grotesque. Que chacun m'observait. Me jaugeait. Ce qui n'était pas le cas, évidemment. Mais je ne pensais plus qu'à ça. J'avais hâte d'entrer sous la coupole. D'être serré au milieu des autres pour que ce vêtement ne soit plus visible.

À ma gauche se tenait une tante de Benoît qui parlait beaucoup. Sa voix me parasitait. J'étais tétanisé à l'idée que ce moment solennel soit gâché par sa présence, elle qui n'avait rien fait d'autre que d'aimer passionnément Benoît et qui tentait, dans une langue étrangère (car nous avons tous une nationalité singulière devant nos morts), de m'exprimer son réconfort. Je me suis levé. J'ai fait ce que je n'aurais jamais osé faire à un autre enterrement. Je voulais profiter pleinement de cette cérémonie. J'ai foncé vers une sœur de maman qui était debout, à côté de ma cousine Élodie. Elles m'ont tenu avec douceur, avec une forme de joie. Dans leurs bras, sur leurs mains, je me sentais vivant, comme dans le ventre de ma mère. Il y avait quelque chose de tribal. Avec les codes de notre famille.

Ces obsèques avaient été préparées comme un spectacle. C'était un moment incroyable. Mona en était la maîtresse de cérémonie. Chaque intervention était minutée. J'avais décidé de l'ordre. Je ne voulais pas qu'il y ait trop de prises de parole.

Je me comportais en dictateur du deuil.

15

À l'époque, j'étais président de la Société des gens de lettres. J'avais été élu, à l'unanimité, un an plus tôt.

Je n'ai rien vu venir. Un mardi matin (trois semaines après les obsèques de Benoît), j'ai appris qu'une poignée d'administrateurs s'étaient mobilisés en cachette pour me discréditer et me faire tomber. J'avais découvert le pot aux roses grâce au secrétaire général : « Mathieu, il y a eu un putsch hier. Tout s'est fait dans ton dos. »

Je me sentais au-dessus de la mêlée. J'étais en train de préparer l'inhumation de Benoît, dans la petite chapelle, prévue le samedi suivant. Le jeudi, une administratrice est venue me voir pour négocier ma démission. Elle jouait la connivence : « Mathieu, ce n'est pas moi qui suis à la manœuvre… »

Le lendemain, elle m'a envoyé un texto : « Alors, est-ce que tu démissionnes ? » Je lui ai répondu « Stop ». Pendant vingt-quatre heures je ne voulais plus entendre parler d'elle.

L'après-midi, je suis allé chercher les cendres de Benoît. C'était très impressionnant. Lui qui était si grand. Voir sa vie résumée dans une boîte que je pouvais tenir entre mes mains.

Il avait été décidé que je dormirais le soir chez ses parents. Je n'avais pas envie de faire voyager ses cendres dans le train pour aller à Beauvais, la gare la plus proche de leur domicile.

J'aurais pu les laisser dans notre appartement, rue Montorgueil, mais cette idée m'était insupportable : je ne voulais pas qu'il passe une nuit seul. Un couple d'amis, qui habitent à proximité du Père-Lachaise, a accepté de jouer les baby-sitters, avec une forme de joie et de légèreté. Cela m'a apaisé. Le lendemain matin, nous sommes passés chez eux pour récupérer les cendres. Ce sont les frères de Benoît, qui sont tellement grands (ils côtoient les deux mètres), qui ont porté l'urne à travers le cimetière.

Sur une paroi de la chapelle cinéraire, la plaque de Benoît avait été posée ; la case était ouverte. Elle était relativement profonde. On pouvait y insérer jusqu'à six urnes. Je n'envisageais pas qu'on puisse y glisser d'autres cendres que celles de Benoît et les miennes. En revanche, j'avais proposé que chacun dépose, à côté de l'urne, un objet. Une lettre. Un dernier souvenir.

Je me souviens d'une maladresse de ma part. Après avoir déposé un livre de météo marine que Benoît adorait, je m'apprêtais à faire le relais, à prendre les offrandes des uns et des autres pour les insérer dans la case. Sébastien, un de nos amis, s'est approché de moi et m'a dit : « Mathieu, ce serait mieux que chacun dépose lui-même son objet… »

Je me suis déporté d'un mètre, légèrement honteux.

Je regardais les corps qui s'approchaient avec des gestes lents jusqu'à l'ouverture béante. J'étais hypnotisé par le mouvement des bras.

Nathalie R., une des médecins qui s'étaient occupés de Benoît à la fin de sa vie, m'avait demandé de déposer en son nom la reproduction d'une photo d'Ernest Pignon-Ernest. On y voit un homme porté à bout de bras par un couple. « Cette image m'a toujours fait penser à votre mari », m'avait-elle dit.

Malheureusement, je n'ai pas fait l'inventaire de tous les objets qui ont été déposés ce jour-là. Je n'en ai gardé presque aucun en mémoire. Je ne me souviens même pas de ceux que les parents de Benoît avaient apportés.

Depuis longtemps, mon amoureux avait des relations compliquées avec eux, notamment avec son père. Tous les deux s'étaient réconciliés dans les dernières années, après des périodes de lutte silencieuse. Et ces obsèques avaient été une forme d'acmé. Je crois que pour son père, mais aussi pour sa mère, Benoît était devenu, en quelque sorte, un saint. À rebours, ils étaient terriblement fiers de lui.

À la fin de la cérémonie, le père de Benoît a pris la parole ; il a fait un mouvement du bras pour désigner la plaque où étaient inscrits le prénom et le nom de son fils : « Il faut que tu ajoutes le tien. »

Ces mots m'ont bouleversé. J'avais l'impression qu'après avoir été contre le mariage pour tous, il devenait plus royaliste que le roi : il voulait que mon nom figure, pour toujours, sous celui de son fils. J'ai dit « oui », sans hésitation, comme on s'offre à l'église, en robe blanche, pour l'éternité.

16

Trois jours plus tard, dans la grande salle bleue de l'hôtel de Massa (le siège de la Société des gens de lettres), quelques administrateurs s'assoient, le visage fermé, autour de la table. Beaucoup sont absents. L'ambiance est électrique. Je refuse de démissionner.

Certaines phrases m'ont traumatisé. Une femme brune s'était levée en criant : « Tu n'es rien ! » Une autre avait suggéré de communiquer sur la mort de Benoît pour justifier ma « démission » : « Ton honneur sera ainsi sauf. » Je m'en foutais des honneurs. J'ai proposé d'organiser des élections anticipées un mois plus tard, pour me permettre de défendre mon bilan ; cette proposition a été rejetée.

Ma seule consolation était de me souvenir que Benoît, sur son lit d'hôpital, m'avait conseillé de me méfier de cette administratrice qui n'était pas « à la manœuvre », dont je lui avais pourtant dit le plus grand bien. Benoît connaissait parfaitement ces jeux politiques. Tel un joueur d'échecs, il savait, plusieurs coups à l'avance, ce qui allait se passer. Cela m'impressionnait.

Ce matin-là, j'ai été viré sur-le-champ, comme aux États-Unis, quand il faut prendre ses affaires dans un carton. Sans préavis. Sans obtenir de réelles explications sur ce qu'on me reprochait.

Dans mon bureau, une salariée a fondu en larmes devant moi. J'aurais voulu la serrer dans mes bras.

Sept jours plus tard, la France a été confinée. J'étais seul dans mon appartement. Je n'avais plus de boulot. Je n'avais pas de chômage. Pas d'aides financières si ce n'est l'argent que Benoît avait laissé de côté.

Le monde s'était arrêté.

(Playlist #1)

Le monde s'est dédoublé
de Clara Ysé

1982

L'hibernation

17

Benoît était gourmand. Il disait qu'il était *addict* à tout. Il n'était pas capable de se refréner. Il ne pouvait pas, par exemple, se contenter de manger un carré de chocolat, une confiserie ou un Petit écolier. C'était toute la tablette, tout le paquet, toute la boîte ; ou rien.

Un soir, seul dans son salon, il avait regardé un film qui le faisait rire. Sur ses genoux, il avait une grosse boîte métallique de Quality Street, de couleur violette, remplie de friandises. Ces sucreries étaient fabriquées en Angleterre depuis les années 30.

Benoît ne regardait pas ce qu'il mangeait ; ses yeux étaient rivés sur l'écran de la télévision. Il n'y avait personne autour de lui pour le surveiller. Chaque friandise était enveloppée dans un petit papier. Il les ingérait mécaniquement, sans répit, ce qu'il n'aurait jamais osé faire si quelqu'un avait été à ses côtés.

Il avait un rapport un peu pathologique à la nourriture. Il avait toujours souffert de se sentir « gros ». Ses frères avaient des corps plus équilibrés (l'aîné faisait du basket, le cadet était aussi sportif ; Benoît était le moins musclé des trois, celui qui s'entretenait le moins – il prendra sa revanche passé trente ans, lorsque le ventre de ses frères dépassera le sien).

Il se plaignait de son métabolisme ; il admirait et jalousait ceux qui, comme son ex (et dans une moindre mesure, moi), ne faisaient pas attention à leur alimentation et ne prenaient pas un gramme.

Je me vantais de ne pas faire de sport, de prendre un goûter tous les jours depuis l'âge de seize ans et de garder un poids stable (je le paierai après la mort de Benoît, lorsque mes chairs se relâcheront, comme si mon corps devenait enceint de l'amour perdu).

Benoît prétendait que son rapport pathologique à la nourriture était lié à sa mère : elle ne voulait pas que ses fils deviennent gros. Alors elle mettait des cadenas sur les placards de la cuisine. Cela rendait Benoît dingue. Il rêvait de chocolat, de chantilly, de gâteaux, de sucre en tous genres, mais pour cela il fallait ruser, passer dans la cuisine lorsque le placard était entrouvert ou trouver la clef. En général, ces stratagèmes ne fonctionnaient pas. Il restait avec sa frustration au fond du ventre. Avoir faim, se gaver restait associé pour lui à une forme de honte. Il détestait d'ailleurs les déjeuners ou les dîners en tête à tête. Il disait qu'il ne savait pas faire. Mais là, seul devant sa télé, à éclater de rire, il n'y pensait plus. La boîte se vidait à toute vitesse (il avait la même frénésie que certains fumeurs qui enchaînent cigarette sur cigarette, qui en allument une avant d'avoir terminé la précédente, pour être certains de ne pas être en manque).

Le film n'était pas encore terminé. Il lui restait au moins trente minutes de rire. Au fond de la boîte, il pouvait compter les bonbons restants sur les doigts d'une main. Ce ne serait pas assez pour aller jusqu'au bout de la soirée. Pour autant, il n'avait pas envie de ralentir le rythme. Il commençait à avoir mal au ventre mais il n'y prêtait pas vraiment attention.

Benoît a sorti l'avant-dernière friandise de son emballage ; il l'a gobée d'un coup. Et là, de nouveau, il a hurlé de rire (j'adorerais retrouver le titre de ce film, et peut-être même cette scène en particulier). C'était un caramel, il avait dû le mâchouiller à la va-vite pour qu'il ramollisse, sans néanmoins avoir le temps de le déchiqueter. C'était devenu une surface plane de sucre brun, qui s'était fixée quelque part dans sa gorge. Il comprenait qu'il ne pouvait plus inspirer ni expirer. Si rien ne se produisait, il allait donc mourir étouffé par un caramel.

Et c'est à cet instant qu'il a observé le champ de ruines qui gisait à ses pieds. Il y avait des dizaines d'emballages de Quality Street sur le parquet. On allait le découvrir mort, dans quelques jours, sur un sol jonché de petits papiers de toutes les couleurs. Son cerveau reptilien s'est mis en branle. Il fallait qu'il sauve son honneur, qu'il utilise toutes les forces qui lui restaient pour cacher l'arme du crime. Il s'est rué sur les papiers, les a pris dans ses doigts, sur ses paumes, dans ses poches, il a couru jusqu'à la cuisine, le visage de plus en plus rouge, prêt à imploser ; a ouvert le placard où il rangeait la poubelle, y a fait glisser tous ces déchets miniatures. Son honneur était sauf : il serait retrouvé dans un appartement propre, c'est-à-dire dans une situation digne. Et c'est là, devant l'évier, alors que le manque d'air devenait une torture atroce, qu'il a eu une idée : ouvrir le robinet d'eau chaude et en boire aussitôt. Cela a suffi à faire fondre le caramel. L'air est revenu. Benoît a exulté.

J'adorais lorsqu'il racontait cette histoire. Il faisait de grands gestes, ses yeux devenaient ronds, il revivait la scène ; chaque fois, je hurlais de rire. Je lui demandais de la répéter devant des amis qui ne la connaissaient pas encore. Benoît ne se faisait pas prier longtemps, lui qui n'aimait pourtant pas être au centre de l'attention, qui était rarement celui qui raconte une blague ; mais celle-ci, il acceptait de la livrer. C'était son histoire-totem. Celle qui synthétisait son rapport à la vie. Et à la mort.

18

La veille du confinement, je suis allé faire des courses.

Il n'y avait pas encore de queues. Elles apparaîtront dans l'après-midi. Pendant que je passais aux caisses, le gérant a scotché une affiche indiquant qu'il était interdit d'acheter plus de deux paquets de papier toilette. La caissière a pointé son doigt vers un homme, aux caisses automatiques, qui tentait d'en acheter trois. Un agent de sécurité a bondi vers lui. J'aurais aimé pouvoir raconter cette histoire à Benoît.

Un peu plus tard, dans l'après-midi, j'ai couché avec un garçon. Le premier depuis la mort de Benoît. Personne ne savait combien de jours, semaines ou mois ce confinement allait durer. J'avais envie qu'un homme vienne me toucher avant d'être enfermé. Je ne me souviens plus précisément de ses traits. Il était plutôt grand. Viril. Visage gentil, un peu poupon comme j'aime. On était sur le matelas de la chambre d'amis, qui a successivement servi de bureau, de débarras, de buanderie. Cette pièce dans laquelle je n'ai jamais vraiment vécu.

Coucher avec ce garçon sonnait le début et la fin d'une époque. Le début d'une sexualité sans entrave, sans mari, sans amoureux. Et la fin d'une vie « libre ». Celle que nous avions toujours connue, non confinée.

Après avoir éjaculé, nous avons un peu discuté, pas longtemps. Nous avions chacun mille choses à régler avant d'être confinés ;

on se serait cru la veille de Noël, quand toute une population est affairée en même temps, consciente d'une même *deadline*.

La veille, des cousins m'avaient proposé de les rejoindre à la campagne ; ils avaient une grande demeure. J'avais refusé. Je ne savais pas si j'avais raison. Je préférais rester seul.

Dans le salon, posée en évidence sur un secrétaire, il y avait une photo de nous en Grèce, sur un bateau. On a l'air heureux, amoureux ; on l'était. On est beaux. C'était en septembre 2009, juste après la mort de maman, pour les quarante ans de mon amie Kinga, qui vit en Pologne.

Je l'avais rencontrée sur les bancs de la fac, dans les années 90. Elle avait fait des ménages en arrivant en France. Elle n'avait pas de papiers, ne parlait pas français. Puis, par une série de hasards, de choix, de sacrifices, elle avait réussi à faire fortune dans son pays. Elle était restée fidèle à ses amis qui l'avaient connue dans la galère.

J'aimais particulièrement cette photo. Le garçon avec lequel je venais de coucher était sur le point de remettre son manteau. Je n'ai pas pu m'en empêcher ; j'ai commenté, en pointant mon regard vers le cadre : « C'était mon mari. Il est mort il y a un peu plus d'un mois… Il travaillait dans la musique. »

Il se trouve que ce garçon évoluait dans le même milieu. Il avait déjà entendu parler de Benoît. Cela m'a fait plaisir. J'adorais savoir que d'autres l'avaient connu sans moi. C'était comme des rushs de sa vie que je n'avais pas visionnés. Des parts de lui qui me restaient à découvrir.

19

Au début du confinement, j'ai décidé d'écrire sur l'homme que je n'avais pas connu.

Chaque jour, j'appelais un de ses proches pour qu'il me parle de Benoît. Je voulais qu'on m'évoque son enfance (dont je ne connaissais presque rien), sa vie professionnelle (autour de laquelle il avait dressé un mur), sa santé (qui restait relativement mystérieuse), voire ses éventuels amants (il ne m'avait jamais avoué la moindre infidélité).

Toute la vie secrète de Benoît, toute celle à laquelle je n'avais pas eu accès, me fascinait. Je ne voulais pas rabâcher nos souvenirs. Je voulais en construire de nouveaux.

J'ai commencé par appeler ses parents.

Ils m'ont raconté qu'avant sa naissance, ils étaient persuadés que ce serait une fille.

Sa mère avait choisi les prénoms des deux aînés ; son père avait décidé seul le prénom du troisième enfant : « Valérie », parce que c'était un prénom à la mode à l'époque. Quand on lui demandait : « Et si c'est un garçon ? », il répondait : « Alors, ce sera Valéry, avec un y » ; et il ajoutait : « Il n'y a pas de honte puisque c'est le prénom de Giscard d'Estaing. »

Quand il m'a abordé, Benoît ne m'a pas plu au premier regard ; pendant un temps très court, probablement inférieur à une seconde, mon cerveau a analysé deux possibilités : continuer à danser dans la boîte de nuit où nous venions de nous croiser, ou m'arrêter pour discuter avec ce garçon.

Parce que je suis poli, que j'ai du mal à dire non, mais aussi parce que ce garçon était grand, et parce que je l'avais trouvé drôle, je me suis arrêté. Il m'a alors livré deux informations qui ont été, je crois, capitales : « Je m'appelle Benoît et je travaille dans la production musicale. »

S'il m'avait dit : « Je m'appelle Valéry et je travaille dans une banque », je ne suis pas sûr que je serais resté plus longtemps. Son prénom (comme sa taille et sa profession) ont eu un impact subtil mais réel sur ma décision de planter R., le copain avec lequel j'étais sorti en boîte. Ce n'était pas mon « petit » copain, juste un ancien amant, qui m'avait glissé à l'oreille : « Mais pourquoi tu vas parler à ce blaireau ? » ; on avait un peu bu, on était légers, je n'avais pas conscience que ma vie allait fondamentalement basculer à cet instant, notamment grâce à ce prénom, « Benoît », qui m'évoquait un univers masculin, simple, élégant et enfantin. Nous sommes allés au bar, prendre un verre. À l'époque, je buvais des gin-tonics.

Sa mère a accouché dans une salle commune à Beauvais, le 12 mai 1973, le jour du cinquante-troisième anniversaire de ma grand-mère maternelle, qui habitait place du Panthéon. Mon père était alors à l'hôpital psychiatrique depuis plusieurs mois. J'allais bientôt avoir un an.

Le frère aîné de Benoît était brillant. Il avait dix ans ; il terminait sa 6e. Il était particulièrement grand (il mesurait déjà près d'un mètre quatre-vingts). Un enseignant l'a averti que sa mère venait d'accoucher : il a quitté le collège en courant. Dans le hall de la maternité, on lui a interdit d'entrer car il était trop jeune. Il a fait le tour du bâtiment, a trouvé une fenêtre ouverte, s'est fait aider par un adulte. Sa mère étant au rez-de-chaussée, dans une salle sans cloison, il a réussi à la retrouver avant de se faire repérer.

L'enfant n'en croyait pas ses yeux : il n'avait pas anticipé qu'il pourrait avoir un petit frère (encore un !) alors qu'on lui avait promis une petite sœur. Et surtout, ce n'était pas possible de lui donner ce prénom moche, un prénom de fille. Avec toute sa prestance de jeune prodige, de fils aîné, d'héritier de la famille, il s'est opposé à ce prénom : « Maman, change d'avis ! » Elle n'avait pas pensé à une alternative. Son mari n'était pas là. Probablement qu'il était au travail. Il attendait peut-être la fin de la journée pour rejoindre son épouse. Ou il était en route mais leur fils aîné avait été plus rapide. Tous ces micro-détails sont importants, car la vie de Benoît aurait été différente (et probablement la mienne aussi) si son frère aîné n'avait pas réussi à entrer par la fenêtre ou si son père était arrivé plus tôt.

C'est ce collégien de dix ans qui a trouvé le prénom de son petit frère. Celui avec lequel ce dernier m'a abordé dans la boîte de nuit : « Benoît », avec un petit chapeau sur le « i ».

Pourquoi ce prénom ? Mon amoureux ne l'a jamais su. Le grand frère, que j'ai interrogé, ne se souvient pas de l'origine de ce choix. Admirait-il un grand du collège, un élève de troisième qui s'appelait Benoît ? Il réfléchit (nous sommes par téléphone, avec le confinement, tout se fait évidemment par téléphone), soudain il se souvient d'un personnage de bande dessinée créé par Payo : Benoît Brisefer.

Je n'ai pas tout de suite pris conscience de la proximité des sonorités entre ces deux noms : Benoît Br(isef)er / Benoît Br(ay)er.

Mon amoureux aurait donc échappé au prénom « Valéry » (un prénom féminin ou aristocratique, selon les points de vue) grâce à son frère et au créateur des Schtroumpfs.

Sur Internet, je trouve une présentation de cette bande dessinée fondatrice : « À première vue, rien ne distingue Benoît Brisefer des autres gamins de son âge. Pourtant, Benoît est doué d'une force herculéenne. »

J'appelle son père : « J'ai été mis devant le fait accompli ; on ne m'a jamais demandé mon avis : quand je suis arrivé à la maternité, il s'appelait déjà Benoît ! »

C'est surprenant car c'est lui, le père, qui dictait sa loi. Est-ce que sa femme a pris le pouvoir en 1973, à la naissance de leur troisième enfant ?

Ses deux frères ne semblent pas convaincus.

Quand j'appelle ma belle-mère pour l'interroger sur cette scène que je trouve surréaliste, elle me répond : « Mais ce n'est pas moi qui ai choisi, c'est son frère aîné ! »

En lui donnant comme prénom celui d'un petit garçon surpuissant, son frère avait sans doute eu du flair. Il savait qu'il fallait de la force pour tenir dans cette famille. À cause du ceinturon, du martinet, des cris. Le « frère intermédiaire », celui qui a probablement pris le plus de coups, parce qu'il était moins brillant à l'école, me dit, à cinquante ans passés, ne pas s'en être remis, malgré tout l'amour qu'il porte à son père : « Jamais je ne lui en ai parlé. » Quel est mon rôle dans cette histoire ? Ai-je le droit d'évoquer la violence du père (probablement moindre que celle qu'il a lui-même subie, et qui partait sans doute d'une bonne intention : faire de ses fils des hommes, leur apprendre à se débrouiller seuls, ne pas faire de vagues, devenir des travailleurs, subvenir aux besoins d'une famille) ?

Le « frère intermédiaire » me raconte (j'ai l'impression d'avoir ouvert les vannes, il quitte son appartement en plein confinement pour que ses enfants n'entendent pas, il me raconte les coups, parfois côte à côte avec Benoît, les regards complices alors qu'ils ne s'aimaient pas ; face à la violence du père, ils restaient unis). Le « frère intermédiaire » se souvient de ces baffes qu'il se prenait car il ne parvenait pas à multiplier 7 par 8 ; il me parle de sa peur de reproduire cette violence sur ses enfants, il me dit, comme une évidence : « C'est pour ça que Benoît ne voulait pas d'enfants. »

20

Benoît n'était pas violent.

J'ai vaguement le souvenir, lors d'une dispute, qu'il m'avait dit : « On ne va pas commencer à se cogner ? », phrase qui m'avait paru incongrue car jamais nous ne nous sommes menacés physiquement, jamais nous n'avons crié l'un sur l'autre ; au pire on se faisait parfois la gueule, mais ça ne durait jamais très longtemps.

D'après les témoignages que j'ai récoltés, il n'aurait été violent qu'une seule fois : « À l'école maternelle, je me souviens qu'il m'a donné un coup de poing », me raconte un de ses amis : « C'était à la cantine. J'avais voulu le doubler ; je suis tombé par terre, le souffle coupé. »

« Ce n'est pas possible, me coupe sa mère, Benoît n'allait jamais à la cantine ! »

« C'est tout à fait crédible, affirme son père : Benoît ne se laissait pas faire. »

21

De quoi Benoît est-il mort ?

C'est une question que je me suis posée en découvrant son dossier médical, qu'il avait classé avec soin, de manière chronologique.

Pendant un quart de siècle, il avait été l'archiviste de son histoire médicale. J'avais l'impression qu'il m'avait laissé un message. Un jeu de piste. Pour que je trouve une explication.

Qui était responsable de sa mort ? Quel était le point de départ ? Celui d'accélération ? Quelle était la goutte d'eau qui l'avait finalement emporté ? Qui avait commis des erreurs ? Auraient-elles pu être évitées ?

J'ai lu une première fois toutes les pièces du dossier. Je les ai survolées. Je n'ai pas tout compris. J'ai néanmoins fini par saisir quelques termes, quelques éléments clefs. Puis j'ai tout relu, de manière plus méticuleuse. Comme je l'aurais fait avec ma casquette d'avocat.

Il y a dans un dossier médical la possibilité d'un récit, enfoui sous des termes techniques. Et une méconnaissance de l'« écriture ». Ce n'est pas que les médecins ou autres soignants ne savent pas rédiger, au contraire. Mais ils sont formatés, corsetés dans un modèle où ils font de la contre-écriture. Ils poussent cet exercice tellement loin qu'il en ressort parfois des merveilles. Certaines formules proches de l'écriture automatique. « Ces thèques sont tatouées de pigment mélanique », peut-on lire sur un compte rendu de 1998.

Mais il y a plus. Au-delà de tout ce que j'ai pu comprendre de l'histoire médicale de Benoît, au-delà des émotions que cela a générées chez moi (à plusieurs reprises, j'ai dû interrompre ma lecture ; je sentais des fragments vibrer dans mes veines ; je ne savais pas si j'avais mal, ou si j'étais heureux ; je savais juste qu'il fallait que je repose mon stylo), au-delà de ces émotions, de ces pistes qui s'éparpillent devant moi, j'ai découvert des détails sur le corps de Benoît, de la tête aux pieds, des trésors que je n'avais jamais vus. Tel ce grain de beauté microscopique sur sa paupière supérieure droite. Ou celui dessiné au creux de son aisselle gauche. Ou encore, celui caché entre son gros orteil et le doigt de pied adjacent.

En plongeant dans son dossier médical, mon objectif n'était pas de bâtir une accusation, de trouver un coupable. Je voulais simplement faire surgir une histoire.

Mon ambition était de défendre cette colonne vertébrale, d'enlever les scories, cette boue numérique, ces chiffres, des termes médicaux que je n'avais jamais croisés jusqu'ici, des abréviations barbares pour le néophyte que je suis. Pour en extraire un récit, quelque chose qui tiendrait debout. Pour pouvoir affirmer que ce dossier, conservé par Benoît pendant un quart de siècle, avait une utilité. Qu'il permettra, peut-être, de comprendre de quoi il est mort. Ou d'illustrer la « médecine narrative » (cette discipline, née aux États-Unis, pour développer l'empathie des étudiants en médecine). Et qui me permettra surtout de revivre, cinq ans plus tard, avec une forme de douceur, cette histoire que j'ai prise de plein fouet. Ces derniers mois. Ces dernières semaines. Ces derniers jours. Comme un camion qui fonçait sur moi et qui a oublié de m'écraser.

22

Le document le plus ancien conservé par Benoît est une radio panoramique de ses dents.

En la regardant, je suis submergé par une émotion étrange. Comme si je retrouvais son sourire. Mon premier réflexe est de vouloir encadrer cette photo. Soudain, j'imagine une exposition autour de sa mort.

Trouver cette « pièce à conviction » dans son dossier me surprend. A priori, elle n'a aucun rapport avec son décès. C'est en effet le seul document qui concerne ses dents. Et si cette pièce avait été ajoutée par Benoît après coup ? Comme la dernière pièce d'un puzzle ? D'une énigme ?

Cette panoramique est d'autant plus surprenante que Benoît a toujours eu une excellente dentition. Contrairement à moi. Il me reprochait parfois de sentir mauvais de la bouche, ce qui me complexait.

Je me souviens d'une fois en particulier. On devait faire une surprise à sa cousine. On avait rendez-vous chez son meilleur ami, François, pour répéter une chanson collective. J'étais sur le scooter de Benoît avec mon casque rouge. Il s'est retourné pendant qu'on roulait sur le périphérique ; il voulait répondre à une question que je venais de lui poser. Et il s'est énervé : « Mais tu pues de la bouche ! » J'ai fait la gueule pendant toute la soirée.

J'étais déprimé. J'avais peur d'ouvrir mes lèvres, d'empester la pièce, la maison de François.

Je m'étais alors senti doublement complexé. Depuis le collège, je n'osais pas chanter. J'avais été le premier de la classe à muer. Mon prof de musique m'avait proposé un deal : « Si tu acceptes de rester silencieux en classe, je te mettrai 14 sur 20 toute l'année. » J'avais accepté ce marché.

Depuis, je suis incapable de chanter, même sous la douche ou dans une voiture. Pourtant j'en crève d'envie. J'ai toujours associé les chants à tue-tête sur la route à un bonheur collectif. J'ai été biberonné à des centaines de films qui revisitent ce plaisir simple.

Ainsi, ce soir-là, angoissé de devoir chanter avec les amis de Benoît qui sont tous musiciens (amateurs ou pros), je me prenais en pleine poire que j'avais un problème d'haleine. C'était une raison supplémentaire pour fermer ma bouche. Pour murmurer un filet sonore. Pour ne pas participer à cette joie collective.

En descendant de son scooter, j'avais introduit deux ou trois bonbons à la menthe dans ma bouche. Au moment d'embrasser les uns et les autres, je faisais en sorte de bloquer mes lèvres et ma respiration pour prendre le moins de risque possible. Le meilleur ami de Benoît s'était exclamé : « Putain, tu sens hyper bon. Même en fin de journée ! Tu as une haleine à la menthe ! » Cela m'avait fait plaisir, alors qu'il n'y avait évidemment aucune raison de se sentir particulièrement fier.

À côté de cette panoramique, Benoît a conservé une ordonnance. À l'époque, son dentiste lui avait prescrit des comprimés à sucer. Huit par jour. J'imagine pour un problème de douleurs. Il avait le droit à deux boîtes. Le médicament s'appelle Imudon.

J'ai fait une recherche rapide sur Internet. Ce médicament a été retiré du marché en 2005. Il n'avait aucune efficacité. En revanche, certains effets secondaires avaient été constatés :

« Dès les années 1990, la revue *Prescrire* soulignait que ces médicaments avaient une efficacité similaire au placebo. En 2001, 315 observations d'effets indésirables graves [...] ont été rapportées au cours d'une enquête conduite par le centre régional de pharmacovigilance de Saint-Étienne. [...] Dans son numéro de novembre, la revue *Prescrire* approuve la décision de l'annonce du retrait du marché de l'Imudon. Mais elle regrette que cette mesure soit aussi tardive, alors que l'absence d'efficacité démontrée et la survenue d'effets indésirables graves, voire mortels, étaient connues depuis plusieurs années. »

23

La pièce suivante du dossier mentionne un rendez-vous avec un dermatologue. À l'époque, Benoît avait vingt-cinq ans. Il s'inquiétait de voir un de ses grains de beauté grossir.

Le médecin lui avait demandé où était localisée cette tache.

« Sur mon sexe. »

Depuis son apparition, il avait imaginé le pire. Elle était peut-être liée au nuage de Tchernobyl. Quelques années après cette catastrophe nucléaire, sa mère avait développé un mélanome sur l'avant-bras ; le grain de beauté sur son sexe était apparu dans la foulée. Ou alors l'explication était encore plus tordue. C'était peut-être une punition de Dieu. Il n'était pas croyant mais il avait été élevé dans la foi ; et il avait conscience que son homosexualité était pour lui un problème, même si, pour l'instant, tout restait théorique puisqu'il n'avait jamais eu d'amant.

Le médecin essayait de rester concentré. Il a demandé à Benoît de baisser son caleçon.

Le dermato n'avait jamais vu un sexe comme celui-ci. Avec le gland tout noir sur un corps blanc. « Je ne sais pas ce que vous avez : il faut que vous preniez immédiatement rendez-vous dans un laboratoire pour faire une biopsie. »

24

Les résultats n'apportaient pas de réponse claire.

Cette tache était « d'interprétation difficile ». Le risque qu'elle se transforme en mélanome était jugé faible. Par précaution, il fallait néanmoins effectuer une « fibro-vésicale ». On allait lui introduire un tube dans l'urètre. Le grain de beauté, un peu comme dans un volcan, semblait en effet se prolonger vers l'intérieur de son sexe. Il fallait vérifier ce qu'il y avait le long du canal. Benoît n'était pas rassuré mais il s'est laissé faire.

Sur le compte rendu de cet examen, il est indiqué : « Il y a simplement, sur le versant droit, sur environ 1 centimètre de l'urètre […], une zone brunâtre tout à fait souple. »

Que le grain de beauté se prolonge à l'intérieur du sexe n'était pas rassurant. En revanche, que cette tache soit « souple », qu'il ne s'agisse pas d'une surface épaisse, était plutôt une bonne nouvelle.

Quelques jours plus tard, Benoît a été ausculté par le docteur Guy R. à l'hôpital Tenon.

Suite à cet entretien, ce spécialiste a rédigé un compte rendu rassurant : « Homme de 25 ans, présentant des taches foncées au niveau du gland et du prépuce. […] Des biopsies ont été faites au niveau des lésions glandulaires et cutanées ne montrant pas de signe de mélanome. »

25

Selon certains, il existerait un « cycle du deuil ». Chacun traverserait cinq étapes successives : le choc (ou le déni), la colère, la négociation, la dépression et l'acceptation. Il ne faudrait en louper aucune pour sortir de ce labyrinthe. Or, avec maman, je voyais bien que j'avais emprunté des chemins de traverse. Je n'avais pas rencontré toutes ces étapes (dont certaines étaient d'ailleurs pour moi relativement obscures).

Étais-je un mauvais endeuillé ? Et qu'en serait-il avec Benoît ? Dans les premiers jours qui ont suivi sa mort, avais-je été en « état de choc » ? Un peu comme lorsqu'on lit son horoscope et qu'on a tendance à vouloir confirmer ce qui y est écrit, ma première réaction a été de penser que oui, bien sûr, j'avais expérimenté une première étape qui pourrait se résumer à un choc. Et puis, en y réfléchissant, en me remémorant ces premiers jours sans Benoît, ce n'est pas ce sentiment brutal qui émerge mais un autre, beaucoup plus doux. J'ai davantage la sensation d'avoir été « drogué » que d'avoir été « frappé ». Cette première étape ne serait donc peut-être pas un « choc » mais un « shoot ».

Comme je l'ai entendu ce matin dans un podcast, cette théorie du cycle du deuil est parfois critiquée. Il suffit d'ailleurs de se pencher sur cette première étape, celle du choc, pour constater qu'elle n'est pas pertinente. En tout cas, pas toujours. Ainsi, 30% des décès en France sont dus à de longues maladies.

Leurs proches sont donc davantage dans le soulagement que dans le choc. Non seulement ils s'attendaient à cette mort (elle était programmée), mais dans une certaine mesure, ils l'espéraient. Car voir l'autre souffrir leur était devenu insupportable. Ce qui n'enlève rien, bien sûr, à leur tristesse.

Si je devais qualifier une première étape pour les deux deuils que j'ai connus, je dirais que je ne me suis pas senti en état de « choc », mais en état de « junky ». Mon corps et ma tête ne réagissaient plus comme d'habitude après leur mort. Je me sentais schizophrène : à la fois moi-même et un autre.

Peut-être que le corps humain sécrète quelque chose pour se défendre. Que ce trouble est à la fois normal et sain. Nous nous protégeons dans notre chair et dans notre âme. Malgré nous. Nous vivons des formes d'hallucinations pour continuer à courir comme une poule dont on aurait coupé la tête. Le temps qu'on nous la retrouve, qu'on nous la recouse.

Ces deux expériences, tout aussi banales qu'universelles, me poussent à émettre une première hypothèse. S'il y a un cycle du deuil, il ne commence pas nécessairement par un choc mais par une drogue sécrétée naturellement, à laquelle il peut être utile d'être préparé mentalement. Pour ne pas en avoir honte. Pour ne pas la refréner ; et pour être compris par ses proches.

Notre corps et notre cerveau nous veulent probablement du bien. Et ce n'est sans doute pas un hasard si l'Homo sapiens et les rites funéraires sont apparus de manière concomitante (-70 000 ans avant Jésus-Christ) : nous avions besoin de ce shoot d'hystérie, de bizarrerie, de sublimation pour affronter la vie après la mort, c'est-à-dire celle de nos proches. Car, à moins de mourir très jeune, personne ne sera épargné par cette grande et magnifique énigme qu'est le deuil. Or il nous faut des ressources hors norme, ce shoot d'hallucinations, pour l'affronter, et lui survivre.

26

Benoît a grandi à Therdonne, dans un pavillon que ses parents ont acquis en 1973, l'année de sa naissance.

C'est le dentiste de son père qui leur avait donné le tuyau : « La maison à côté de celle qu'on vient d'acheter est à vendre ! » Mes beaux-parents avaient sauté sur l'occasion. Ils avaient même emménagé un trimestre avant leurs futurs voisins qui, eux, finalisaient leurs travaux.

Ce couple avait un fils, Patrice, né en 1974, dont je ne sais presque rien. Benoît passait un maximum de temps chez eux. La mère lui faisait des crêpes.

« Il venait tout le temps chez nous. Parfois, on n'avait même pas terminé de déjeuner qu'il se tenait devant nous. Je lui disais qu'il fallait qu'il retourne chez lui. »

Les deux couples se vouvoyaient. Leurs maisons étaient séparées par une clôture. Il y avait un trou par lequel les deux enfants passaient. Je sais qu'ils s'étaient allongés tous les deux dans l'herbe, loin des regards des adultes. C'est Benoît qui était à la commande. Ils avaient « fait l'amour ». Je ne sais pas exactement comment. Ils n'étaient pas pubères. Benoît m'avait dit qu'ils étaient allés assez loin. Il évoquait une forme de perversité, pas tant pour extérioriser sa culpabilité, mais pour montrer que lui aussi avait connu la sexualité, et qu'il avait été en avance, même si après il avait perdu la main.

À l'adolescence, il n'échangera aucun baiser. Patrice et lui ne se fréquentaient plus ; ils n'étaient pas dans le même collège. Ils se saluaient parfois lorsqu'ils s'apercevaient dans leur jardin mitoyen, mais c'est tout. Ils appartenaient, réciproquement, au passé. Ils étaient, l'un pour l'autre, le premier amour secret.

Après le bac, Benoît est allé en internat pour faire une prépa à une cinquantaine de kilomètres de chez ses parents. Un mois après la rentrée, Patrice a eu un accident de moto. Il est mort sur le coup.

Je me suis demandé s'il pouvait y avoir un rapport de cause à effet entre cet accident et le grain de beauté. Cette idée m'a traversé l'esprit lorsque j'ai trouvé, dans ses affaires, quelques photos qu'il avait conservées, dont une qui représente deux enfants : Benoît, déguisé en motard, et un petit garçon blond, habillé en lutin. J'ai tout de suite pensé qu'il s'agissait de Patrice. Mes beaux-parents me l'ont confirmé un peu plus tard dans la journée.

Ce garçon blond, dont Benoît m'avait à peine parlé (sauf pour m'évoquer une histoire de touche-pipi), était probablement son grand amour de jeunesse. Le seul « amant » de son premier quart de siècle.

27

« **THRILLER.** Mon premier souvenir de cinéma correspond à *Bernard et Bianca*, l'histoire de deux enfants en proie à un couple de kidnappeurs. L'abandon comme terreur primale. »

28

Je regarde des vidéos que Benoît a conservées de son enfance. Des montages de films Super 8 offerts par ses parents.

Sur ces images, sa mère est sublime, telle une actrice italienne. Je ressens une double nostalgie : celle d'une époque que j'ai vécue (les années 70) et celle de Benoît enfant que je n'ai pas connu. J'ai cette impression étrange de distance et de proximité : Benoît, bébé ou jeune enfant, est devant moi, en mouvement. Il découvre à Noël un cadeau qui ressemble à un tourne-disque orange ; un peu plus tard, avec ses cousins, il fait une ronde ; il est le plus jeune, il tient une guitare à la main ; il est déguisé en troubadour. Puis des images à l'école maternelle, au côté de Patrice probablement : Benoît est déguisé en homme de Cro-Magnon. Son voisin aux cheveux blonds ressemble à un ange ; ils se tiennent la main.

La scène qui me touche le plus – je la regarde en boucle – est celle de Benoît, à l'âge de six ans peut-être, vêtu d'un grand foulard, ou d'une toge, ou d'un paréo, dans les couleurs bleues. On croirait une actrice, comme sa mère ; il a quelque chose de féminin, sans être efféminé. J'observe ses mouvements. Soudain, il est en transe, à quatre pattes, comme un animal, il semble invectiver la personne qui le filme ; il y a une violence en lui que je ne reconnais pas, quelque chose de l'ordre du masculin qui transperce l'écran. Puis on le retrouve, à la faveur d'un montage, quelques minutes plus tard, debout, plus calme, avec un chapeau sur la tête, il semble réciter un texte, ou faire du théâtre ; j'aimerais demander à quelqu'un de lire tout ce qu'il dit sur ses lèvres ; je le sens à portée de main, proche de moi. À la fin de cette scène, il salue, de manière un peu maladroite.

Ces vidéos me donnent une illusion de proximité qui est contrebalancée par la distance de l'écran, de sa mort et du temps, avec toute sa violence, comme des coups portés à la beauté, notamment à celle de sa mère. Le temps semble s'être acharné sur elle, physiquement, intellectuellement, moralement. Je ne reconnais rien de ma belle-mère sur ses images. Je ne l'ai connue qu'en femme relativement soumise. Peut-être que sa vie a été plus intense que ne le racontait Benoît et que je ne l'ai observé. Ou peut-être jouait-elle effectivement la comédie devant la caméra : celle d'une femme joyeuse, drôle, indépendante. Et si c'est le cas, je la trouve extraordinaire de justesse. Le père, lui, apparaît peu. Il tient en général la caméra. On observe juste, à un Noël, qu'il essaye un vélo, avec sa chemise, sa cravate et sa veste sur le haut du corps ; sur la partie inférieure, il ne porte mystérieusement qu'un slip bleu.

29

Manu n'était pas simplement la cousine préférée de Benoît. Elle était aussi sa sœur de lait. La tante de mon amoureux avait en effet donné le sein aux deux enfants, nés à quelques jours d'intervalle.

Les deux cousins se voyaient à Noël, chez l'un ou chez l'autre, et au camping pendant les grandes vacances ; ils étaient persuadés d'avoir été amoureux dans une vie antérieure. Ils pensaient s'être réincarnés dans la même famille, pour être sûrs de se retrouver. Ils savaient que ce ne serait pas facile de se marier : il faudrait demander une autorisation au pape ; ça ne leur faisait pas peur.

Dans la maison de mes beaux-parents, il y a un grenier. Avec sa cousine, Benoît s'y enfermait pendant des heures. Ils jouaient à des jeux innocents : « La famille qui bouge… On roulait l'un contre l'autre. Ou on faisait des jeux de rôles. Tout était très stéréotypé. Benoît était le patron, le maître-nageur. Il me sauvait, me dominait. » Sa cousine rit. Il n'y avait pas de perversité dans leurs jeux. Juste de l'excitation. De l'innocence. Les adultes s'énervaient : pourquoi s'enfermaient-ils ainsi ?

« En grandissant, on se sentait toujours un peu bizarres quand on se retrouvait. Il nous fallait quelques heures, parfois quelques jours, pour retrouver notre complicité ; ça partait toujours d'un grand éclat de rire. »

30

À dix-sept ans, Benoît a rencontré Carole, qu'il aurait épousée s'il avait aimé les femmes. Ils étaient dans la même classe, au lycée Camille-Pissaro de Pontoise. Tous les deux préparaient les concours pour les grandes écoles de commerce. Le jeudi soir, ils faisaient le mur pour aller chanter dans un bar.

Benoît avait une fascination pour Michel Jonasz. Il lui avait écrit. Il rêvait d'obtenir une réponse. En vain.

Chaque semaine, il appelait sa mère d'une cabine téléphonique. Un jour, elle lui a annoncé que le chanteur avait répondu. Benoît en avait les larmes aux yeux. C'était le 1er avril. Sa mère a explosé de rire.

Tous les week-ends, mon amoureux retournait chez ses parents ; le samedi soir, il chantait des standards de jazz dans un bar de Beauvais (la grande ville à côté de Therdonne). Il était accompagné de Pierre, un pianiste hétéro dont il était tombé amoureux. Sa petite copine était la confidente privilégiée de Benoît. Il était pris au piège de cette relation triangulaire, qui représentait la prunelle de ses yeux, et dont il n'arrivait plus à se défaire.

Ce jeune pianiste n'a jamais su l'amour que Benoît éprouvait pour lui. Sur une photo, qu'un de ses amis m'a communiquée, ses sentiments sont pourtant manifestes. Benoît le dévore du regard.

À l'époque, personne, pas même Carole, n'avait idée du double secret qu'il portait. Son amour des hommes. Et son grain de beauté sur le sexe qui s'amplifiait de manière microscopique.

31

Après sa prépa, Benoît a intégré une école de commerce à Amiens. Il rêvait de devenir chanteur. Et d'avoir un corps maigre. Il courait beaucoup. Il mangeait probablement peu. Sur les photos de l'époque, il n'est pas beau. Sa maigreur n'est pas sexy. Lui ne s'est jamais trouvé aussi séduisant qu'à cette période.

Il fréquentait une fille de sa promo, Sandra. Ils dormaient parfois ensemble. Ils ne s'embrassaient pas.

Pour sa dernière année, il rêvait de faire un stage dans une maison de disques à Paris. Un soir, dans une cabine téléphonique, sa vie a basculé. Sous le regard de Sandra, qui le savait timide, il a répondu à une annonce d'Universal.

La femme, à l'autre bout du fil, a été séduite par sa voix. Elle lui a proposé immédiatement un rendez-vous. Lorsqu'il est entré dans son bureau quelques jours plus tard, elle est tombée amoureuse de lui sur-le-champ. Elle était mariée. Elle était heureuse avec son mari. Mais Benoît la chamboulait au plus profond d'elle-même. Elle n'osait pas le lui dire. Ils sont devenus inséparables. Ils travaillaient, buvaient, riaient ensemble. Benoît n'avait aucune aventure, ni avec un homme ni avec une femme. Ils formaient presque un couple, sauf qu'ils ne couchaient pas ensemble.

32

À l'issue de ce stage, Benoît a fait son service militaire à Paris. Il était le chauffeur d'un général qui parlait anglais à sa femme quand il ne voulait pas être compris par le petit personnel.

En parallèle, il a intégré une école de jazz ; pendant un an, il a joué dans un *big band*. Il a notamment été programmé au Casino de Paris ; il était alors au firmament de sa carrière.

Ce concert s'est mal passé. On me raconte qu'il a interrompu le spectacle pour engueuler les musiciens en public. Après cette soirée, il a brutalement arrêté de chanter, même dans un cercle privé.

Pendant nos quinze années de vie commune, il n'a fait qu'une exception. Le jour de mes trente-trois ans : il a chanté *T'es beau* de Pauline Croze, en duo avec sa cousine. Au cours de ses obsèques, Manu a réinterprété cette chanson, seule. Ce « T'es beau » n'était plus adressé à moi, mais à son cousin dans le cercueil.

Pourquoi Benoît a-t-il arrêté de chanter ? Personne n'en sait rien. Certains pensent que c'est par dépit amoureux. Que Benoît avait fait son deuil de sa passion pour Pierre (le pianiste hétéro). D'autres estiment qu'il craignait une vie médiocre, finir chanteur dans un supermarché.

Un matin, son grand frère et sa femme m'ont appelé. Ils m'ont avoué que Benoît leur avait confié une cassette, vingt ans plus tôt, sur laquelle il avait enregistré plusieurs titres : « Un jour, il nous a demandé de la détruire… Nous l'avons cachée dans le garage sans comprendre sa réaction. Il n'a jamais voulu nous en dire plus. »

33

Plus je m'intéresse à Benoît, plus il devient une énigme. Par exemple, je n'ai jamais su qui a été son premier amant.

François me dit qu'à la fin des années 90 Benoît est parti à Montpellier pour un week-end, sans donner aucune explication. Rétrospectivement, il est convaincu que c'était pour rejoindre un mec. C'est l'époque où il enchaînait des petits boulots dans des maisons de disques ; il buvait beaucoup. Son corps devenait énorme. Sur certaines photos, j'ai du mal à le reconnaître.

Un jour, il a décidé de tout quitter. De s'installer dans le Sud, où ses parents possèdent un petit appartement. Il a donné le préavis de son logement parisien, organisé une fête pour son départ. Il voulait recommencer sa vie à zéro, peut-être pour rejoindre cet amant mystérieux (certains m'ont évoqué un garçon à la peau noire, d'autres un « vieux », mais personne ne sait vraiment avec qui Benoît a vécu sa première éjaculation).

Sur son carnet jaune, il raconte que ses parents lui ont prêté une voiture pour qu'il puisse commencer cette nouvelle vie. Il est allé la récupérer le 1er mai 1998. Après le déjeuner, Benoît est allé aux toilettes. Il y est resté trop longtemps. Cela a agacé son père. Sa colère s'est déchaînée. Et Benoît je crois, pour la première fois, a voulu résister. Il a dit « merde » à son père, il les a laissés en plan avec la voiture.

Ce jour-là, il a le sentiment d'être devenu adulte. Ses parents n'en ont gardé aucun souvenir.

Benoît est retourné à Paris. Ses amis étaient ravis.

Il a écrit au propriétaire de son appartement pour revenir sur sa décision, pour effacer son préavis. Il resterait dans la capitale. Il ne la quitterait plus. Et il allait prendre sa vie en main.

Il a d'abord pris rendez-vous chez un dermatologue pour lui montrer son sexe. Puis il a rencontré le docteur Guy R. qui rédigera, au milieu de l'été 1998, un compte rendu rassurant : « Pas de signe de mélanome ».

34

À l'automne 1998, d'autres spécialistes ont examiné son dossier. Selon eux, Benoît souffrait bien d'un cancer, même si les biopsies ne le confirmaient pas. Par conséquent, il fallait envisager une ablation.

Un quart de siècle plus tard, j'interroge Nathalie R., la médecin qui s'est occupée de Benoît à la fin de sa vie. J'aimerais qu'elle m'explique les raisons de ce revirement médical.

Elle me demande si je connais la fameuse règle de l'« ABCDE » : A pour « asymétrie », B pour « bord irrégulier », C pour « couleur », D pour « diamètre » (supérieur à six millimètres) et E pour « évolution rapide ».

Ces cinq critères, qui peuvent être détectés à l'œil nu, permettent de diagnostiquer un cancer de la peau. Il est probable que, grâce à ces cinq lettres, les dermatologues qui l'ont ausculté à cette l'époque aient compris qu'il avait une maladie grave.

« Mais pourquoi les biopsies n'ont pas confirmé ce diagnostic ?

– Parce qu'un mélanome n'est pas uniforme. Il peut être visible à un endroit du grain de beauté et pas à un autre. Or, à moins de scalper tout le gland ainsi que le prépuce, une biopsie ne permet pas d'examiner la totalité de la zone. »

Face à l'aggravation de son diagnostic, Benoît s'est mis à paniquer. Il posait mille questions. Il voulait comprendre.

Pourquoi une ablation alors que sa tache ne recouvrait finalement qu'une petite partie de son sexe ?

« Eh bien, lui a-t-on peut-être expliqué, lorsqu'on enlève un grain de beauté potentiellement cancéreux, on prend une marge de trois à quatre centimètres. Dans votre cas, cela revient à couper une partie importante de votre sexe : le gland et un peu en dessous. Il ne restera donc pas grand-chose. Sur un plan chirurgical, il faudra en discuter avec les urologues : il sera peut-être plus pratique d'enlever la totalité du sexe et de trouver une astuce pour que vous puissiez continuer à uriner. Vous ne serez pas le premier à bénéficier d'une telle opération. »

35

De son père, Benoît avait appris une règle d'or : dans la vie, on est toujours seul. Il faut donc apprendre à être autonome. À tout vérifier. À ne jamais faire confiance.

Benoît refusait de se laisser couper la bite sans avoir obtenu plusieurs avis. Il a notamment pris conseil auprès de l'experte du mélanome en France, la professeure Avril, à l'hôpital Gustave-Roussy. Il lui a évoqué son souhait de conserver son sexe, surtout qu'il n'était même pas certain de souffrir d'un mélanome. Cette tache brune était peut-être bénigne. Allait-on lui amputer la bite par précaution, gâcher ainsi sa vie sexuelle et brouiller son identité d'homme ?

La professeure l'a écouté attentivement. Elle lui a proposé une alternative : ne pas couper son sexe mais simplement « scalper » le haut de son gland, puis faire une greffe avec un morceau de son prépuce. Cette opération serait expérimentale, personne ne l'avait jamais tentée.

Sur son compte rendu, la professeure Avril écrit : « Le patient comprend que nous lui proposons un geste non obligatoire mais que nous le lui conseillons vivement. Il souhaite réfléchir. »

36

La colère serait la deuxième étape du deuil.

Je ne l'ai jamais ressentie. Mon cycle était-il déréglé ? Ou fallait-il que j'accepte de faire un autre chemin ? Ce livre me permettrait-il de proposer un voyage alternatif aux endeuillés ?

Avec un peu de recul, je me souvenais d'avoir ressenti, après la mort de maman, le « syndrome de la Belle au bois dormant ».

Passé l'acmé du deuil, la cérémonie des obsèques, le monde au garde-à-vous devant notre douleur, il y avait une forme de silence et de lenteur qui s'étaient installés. Quelque chose d'assez étrange, qui n'était pas aussi douloureux que ce que j'aurais pu imaginer ou anticiper à la mort d'un proche, quelque chose qui n'était pas non plus de la dépression. Mais juste ce sentiment de prendre congé. D'être à côté de la vie. De débrancher son corps et son cerveau, de devenir une poule dont on aurait recousu la tête, mais qui serait encore en état de somnambulisme.

En simplifiant, c'est un peu comme si la première étape de mes deuils avait consisté à prendre des psychotropes, et la deuxième des somnifères. J'en déduisais qu'après une phase de « micro-folie », j'avais pénétré dans celle de l'« hibernation ».

De manière étrange, le monde entier m'accompagnait dans cette deuxième étape.

37

Pendant le confinement, personne ne me touchait. J'en souffrais. Un matin, j'ai eu une idée. Je suis allé fouiller dans mon portefeuille, où se trouvait un « Bon pour un baiser » que je conservais précieusement depuis dix ans. Il m'avait été offert par une amie qui travaillait à l'époque au Palais de Tokyo. Elle avait acquis un carnet de plusieurs « Bons pour un baiser » qu'elle avait distribués à quelques proches et connaissances. J'en avais reçu un. Je pouvais l'utiliser quand je voulais. Je m'engageais simplement à lui raconter ce qui s'était passé. Je n'avais jamais osé passer à l'acte car je savais que, si j'écrivais ou si je témoignais à propos de ce baiser, Benoît en aurait eu connaissance, et cela l'aurait blessé.

Je n'étais pas fidèle. Je n'étais pas non plus ouvertement infidèle. La sexualité était un sujet *touchy* entre nous.

Après sa mort, j'ai senti que c'était le moment parfait pour exhiber ce « Bon pour un baiser » (même si je savais qu'il ne suffirait pas de le brandir devant un inconnu pour obtenir ce qu'il annonçait). Or, et cela m'avait plongé dans un abîme de tristesse, je l'avais perdu. C'était incompréhensible. Pendant dix ans, je l'avais régulièrement manipulé ; et maintenant que je pouvais en faire usage, il s'était volatilisé.

J'ai toujours eu un rapport sérieux aux jeux.

Je me souviens d'avoir appelé cette amie pour lui avouer que j'avais perdu son bon. Je n'avais pas été digne de la confiance qu'elle m'avait témoignée en m'intégrant dans sa « performance labiale ».

Fanny avait pris ma remarque au sérieux ; avec une certaine solennité dans la voix, elle m'avait dit : « Puisque nous sommes confinés, je t'attribue un bon virtuel. » Comme dans les jeux d'enfants où il suffit qu'une vérité soit prononcée pour devenir réelle, j'avais ainsi pu récupérer ce qui avait été perdu.

38

En décembre 1998, Benoît a pris sa décision.

Son choix n'était pas totalement rationnel. De manière presque religieuse, il décidait de faire confiance à la professeure Avril ainsi qu'au jeune chirurgien qui l'accompagnait, le docteur Noé. Tous deux étaient persuadés qu'il devait se faire opérer, même s'ils n'avaient pas la preuve absolue qu'il s'agissait d'un mélanome.

L'opération a eu lieu le 1er avril 1999.

Dans les semaines qui ont suivi, Benoît s'est senti soulagé. Son « cancer » était derrière lui et son sexe fonctionnait encore. Il allait maintenant pouvoir commencer sa vie d'adulte.

C'est à cette époque qu'il a rencontré Ednane sur un réseau téléphonique. Comme moi, Benoît faisait du « téléphone rose ». J'imagine qu'il fantasmait. Peut-être nous est-il arrivé de nous parler sur une messagerie érotique. Peut-être avons-nous fantasmé ensemble. Je ne le saurai jamais.

Ednane et lui se sont donné rendez-vous dans un café près du métro Saint-Michel. Deux heures plus tard, ils ont marché jusqu'à la place située devant l'université de la Sorbonne.

Là, sous un des lampadaires, ils se sont embrassés.

39

L'année suivante, mon amoureux et son ex ont emménagé ensemble.

En parallèle, la pigmentation est revenue sur son sexe.

Par précaution, le docteur Noé pratiquera une nouvelle opération. Il fallait s'attaquer aux sept premiers millimètres de l'urètre. Cette fois, il utilisera un morceau de la cuisse pour pratiquer cette greffe.

Le sexe de Benoît était comme une poupée russe, protégé d'un lambeau de prépuce, le tout recouvert de l'épiderme de sa jambe.

40

« **KAISER.** J'adore la jeunesse, son énergie, son arrogance, son insolence, sa force, sa beauté. Avec ce sentiment de toute-puissance, cette conviction qu'on fera forcément mieux que la génération précédente, vous allez voir ce que vous allez voir ! Cette combustion nucléaire, ce jaillissement de lave m'émerveille et m'attendrit toujours. Je suis paniqué à l'idée d'un monde sans jeunesse. Je suis comme Karl Lagerfeld. »

41

Tous les samedis, j'organisais une « boom confinée ».

À 21 heures, un ami diffusait sur une radio éphémère une playlist de trente minutes que j'avais préparée. On pouvait ainsi danser chez soi en ayant conscience que d'autres, au même moment, écoutaient la même musique. Il était également possible de se connecter par Zoom pour regarder les autres. Ainsi, une fois par semaine, je voyais des silhouettes, connues ou non, danser. Nous étions en général une quarantaine à nous connecter. La dernière musique était toujours la même : *The Departure* de Max Richter. Elle est issue de la bande originale d'une série qu'on avait regardée tous les deux, *The Leftovers*. Dans le premier épisode, 3 % de la population mondiale disparaît du jour au lendemain, de manière mystérieuse. Cette série, dont nous étions fans, annonçait d'une certaine manière la pandémie mondiale. Et peut-être même la mort de Benoît. Je voyais des signes partout.

Beaucoup savaient ce que cette musique représentait pour moi. Elle tranchait avec les chansons beaucoup plus énergiques sur lesquelles nous avions dansé pendant trente minutes.

Dès que les premières notes retentissaient, on était tous un peu tristes. Parce que c'était la fin de la « boom confinée ». Parce que le fantôme de Benoît entrait dans la danse. Beaucoup faisaient des cœurs avec leurs doigts, sans parler, jusqu'à la dernière note.

Je coupais alors la connexion Zoom, de manière nette et brutale, pour qu'il n'y ait aucun temps mort.

42

À vingt-huit ans, Benoît dirigeait un label de musique.

Il travaillait beaucoup. En journée, il buvait une demi-bouteille de whisky. Le soir, il fumait un pétard.

Il n'assumait toujours pas son homosexualité. Ednane, avec qui il vivait depuis trois ans, devait se cacher, enlever toute trace de lui (vêtements, photos, brosse à dents) lorsque mes futurs beaux-parents débarquaient à Paris.

Dans son milieu professionnel, Benoît cultivait également la discrétion. Il ne parlait ni de son cancer ni de son goût pour les garçons.

En 2003, leur couple a explosé.

En parallèle, deux nouvelles taches sont apparues sur son urètre. Son grain de beauté était comme un serpent à sept têtes. On avait beau en couper une, il y en avait toujours une nouvelle qui repoussait.

Pour la troisième fois, Benoît a dû repasser sur la table d'opération.

Entre ce diagnostic et cette nouvelle greffe, nous nous sommes rencontrés dans une boîte de nuit, le soir de Noël.

43

Dans le dossier de Benoît, je trouve une enveloppe qui contient une diapositive. L'objet en soi me touche. C'est toute une époque qui me revient en mémoire. Je place le morceau de plastique devant la fenêtre, comme je le faisais dans les années 70. Et l'image prend alors forme. Elle passe du noir à la couleur.

C'est une photographie du gland de Benoît. Je ne m'y attendais pas. Je suis traversé par des émotions contradictoires. Voir une photo de mon amoureux me bouleverse toujours. Avoir envie de sourire devant le caractère incongru de cette image. Me sentir paradoxalement choqué. Et désirer le prendre dans mes bras pour accueillir son sexe abîmé.

C'est une photo préhistorique de sa bite telle que je ne l'ai jamais connue.

44

Un soir, une amie m'a appelé pour évoquer ma sexualité.

Elle imaginait qu'il serait difficile pour moi de coucher avec un garçon après le décès de Benoît. Je n'osais pas lui dire que j'avais déjà franchi le pas. Et que je chauffais des mecs par dizaine sur des applications dans l'attente du déconfinement.

Je l'ai écoutée parler avec sa voix douce. Elle était franche, précise, concrète : « Il faut que tu progresses pas à pas. La première fois que tu coucheras avec quelqu'un d'autre, il faut que tu sois dans un environnement bienveillant. Que tu puisses pleurer, par exemple, si tu en as besoin. C'est pourquoi il faut que tu couches avec un ami qui pourra comprendre la situation. Tu n'en connais pas un dans ton entourage à qui tu pourrais demander ce service ? »

J'avais l'impression qu'elle était tout droit sortie d'un film d'Almodóvar, et cela me faisait sourire. Je ne lui ai pas vraiment répondu. Je me suis contenté d'enregistrer l'information dans un coin de ma tête.

Quelques jours plus tard, j'ai voulu mettre en pratique son idée en y associant mon « Bon pour un baiser ». À l'époque, il était interdit de sortir pendant plus d'une heure et il fallait rester dans un rayon d'un kilomètre. C'est dans ce contexte que je me suis construit une règle du jeu : trouver un ami, dans un rayon de mille mètres, qui accepterait que j'utilise le « Bon pour un baiser » qui m'avait été offert par Fanny dix ans plus tôt.

Je me suis connecté sur Grindr. L'application étant géolocalisée, il était facile de voir la liste des garçons situés à moins d'un kilomètre de moi. Je faisais défiler les photos, non pour identifier celles qui m'émoustillaient, me touchaient, m'intriguaient ; mais simplement pour voir si je reconnaissais un « ami », c'est-à-dire un garçon qui n'aurait jamais été mon amant, que j'aurais connu dans la « vraie vie » (et pas simplement sur une application) et avec lequel j'entretenais de bonnes relations.

Ce jour-là, un seul garçon répondait à ces trois critères. Je ne me suis pas posé de questions. Je ne me suis pas demandé s'il me plaisait ou pas, si nous étions compatibles sexuellement ou non, si nos trips étaient en harmonie. Je voulais juste lui expliquer mon histoire un peu bancale. Mon mari est mort, on me conseille de coucher avec un ami pour m'habituer au corps d'un autre. Et on m'a offert, il y a dix ans, un « Bon pour un baiser ». Accepterais-tu que je passe chez toi ? Je resterai vingt minutes, ce qui me laissera le temps de faire un aller-retour. Le plus prudent, ce serait de programmer un réveil pour être certain que je ne resterai pas trop longtemps chez toi. On pourra ainsi discuter et échanger un baiser. Qu'en penses-tu ?

J'avais conscience que mon message était étrange, surtout que je n'avais pas revu cet ami depuis une éternité.

On avait fait connaissance sur un site de rencontres à la fin des années 90. Je vivais alors avec Vincent, rue Montorgueil, mais j'étais souvent seul car il travaillait à Londres. Ce garçon habitait dans mon quartier. Il étudiait à Sciences Po. Il avait un petit copain qu'il ne voulait pas tromper. On avait tchatté gentiment ensemble. Puis je lui avais proposé, non de « faire un plan » (puisque nous avions décidé que rien de sexuel ne se nouerait entre nous) mais de boire un lait chaud au miel.

Dans mon imaginaire, cette boisson était liée à l'Allemagne, à Francfort plus exactement, et encore plus précisément à une cousine de mon père qui y habitait, chez qui j'allais en vacances presque chaque année lorsque j'étais adolescent. En fin de soirée, on passait des heures à parler tous les deux, avec un lait chaud au miel, avant d'aller se coucher.

J'avais probablement mentionné cette scène à ce garçon qui l'avait trouvée suffisamment charmante pour accepter (ou me proposer, je ne sais plus qui en avait eu l'initiative) de faire la même chose. C'est ainsi qu'on s'est rencontrés. Il était drôle. Plutôt joli garçon. Pas plus mon style que cela. Très propre sur lui. Un corps un peu trop étroit par rapport à mes goûts. Je ne pense pas que je lui plaisais non plus. J'aimais en revanche l'air ironique, espiègle, gentil et simple avec lequel il semblait avancer en toutes circonstances.

On travaillait beaucoup tous les deux, tard le soir ; régulièrement, à 23 heures, on se retrouvait chez moi, parfois chez lui, pour boire un lait chaud au miel et se raconter nos vies, dire des bêtises, rire à la marge.

Oui, j'ai le souvenir qu'on riait à la marge : en parallèle de nos conversations, y compris lorsqu'elles étaient sérieuses, on se regardait avec une forme d'ironie, comme si on ne prenait jamais au sérieux ce que l'un ou l'autre disait.

En y repensant, c'était une amitié singulière, que je n'ai plus expérimentée depuis. Je ne sais plus pourquoi, tout s'est arrêté. Peut-être qu'il avait déménagé. Oui. Je crois que c'est pour une raison aussi futile qu'on a cessé de se voir. On a dû se croiser une ou deux fois dans la rue. On était heureux de se saluer, comme des cousins d'enfance qui ont eu un passé en commun. « Ce serait super de se revoir !

– Oh oui ! »

Et puis on ne le faisait pas. En 2007, on s'est revus par hasard. On était invités à une fête chez une amie commune. Il quittait l'appartement, avec son nouveau mec, pile au moment où Benoît et moi sonnions à la porte. Nous avons juste eu le temps de nous étonner de cette coïncidence : « Tu connais R. ?

– Oui ! Toi aussi ? Mais comment ? »

J'étais sincèrement heureux de le revoir, mais ça y est, il était dans l'ascenseur, et moi j'essayais de raconter en quelques mots la place qu'occupait ce garçon dans mes souvenirs ; Benoît m'écoutait d'un air distrait. On buvait du champagne. C'était un studio assez grand (ou un deux-pièces ?) à proximité du ministère de la Santé.

Treize ans après ces retrouvailles, je retrouve donc ce garçon sur Grindr. Il représente le candidat idéal pour consommer avec moi ce « Bon pour un baiser ». Même si je ne l'ai pas revu depuis plus d'une décennie, je sais qu'il est bienveillant à mon égard, nous n'avons jamais couché ensemble et il habite à moins d'un kilomètre de chez moi.

Sur cette application, le nombre de signes par message est limité : on ne peut pas écrire des messages fleuves. Il faut être concis. Alors j'ai morcelé mes explications.

En tapant sur les touches de mon téléphone portable, j'avais parfaitement conscience que ce que j'écrivais était un peu tordu. Un peu compliqué à comprendre. Beaucoup plus élaboré (trop) que le remake du lait au miel de mon adolescence.

Allait-il comprendre ? Apprécier ce jeu ? L'accepter ? Si oui, le ferait-il par pitié (parce que je suis veuf, et relativement jeune pour perdre mon mari) ? Ou le ferait-il par goût du jeu ? Pour le plaisir de rester subordonné aux règles de l'enfance à un moment où nos vies collectives étaient devenues tellement compliquées ?

Je m'embrouillais dans mes explications écrites. Je faisais des petits sourires avec deux points et une parenthèse (je suis *old school*, je n'ai jamais réussi à passer aux vrais émoticônes, aux petits ronds jaunes qui sourient, qui font des cœurs, dont une goutte de sueur suinte sur le front).

Frénétiquement, j'ai appuyé plusieurs fois sur le bouton « Envoyer » pour lui transmettre, par petits paquets saucissonnés, cette histoire, ce projet sans queue ni tête, pour dépenser un simple « Bon pour baiser » obtenu dix ans plus tôt.

Il m'a répondu « oui ». Sans hésitation. Sans me poser la moindre question. « Oui », il trouvait l'idée amusante. Il était heureux que cela tombe sur lui. Il était disponible, sur-le-champ, pour m'accueillir. Il promettait de mettre un réveil.

Je n'avais donc plus qu'à mettre mes chaussures pour venir chercher ce fameux baiser qui dormait dans mon portefeuille depuis tant d'années, qui avait même fini par disparaître, probablement dans une poubelle au milieu de petits papiers administratifs. J'ai rédigé une attestation (j'aimerais tant la retrouver, celle-ci en particulier, mais je crois que je les ai toutes jetées).

Je me suis engouffré dans la rue, ai entamé cette balade au soleil pour rejoindre un ami oublié, l'embrasser de manière performative, et revenir chez moi avec le sentiment du devoir accompli.

45

Ce garçon habitait à proximité du musée Picasso.

Quand il m'a ouvert la porte, il a ri ; et moi aussi. Un demi-rire, comme on le faisait vingt ans plus tôt au moment de notre rencontre. On était contents de se revoir, un peu gênés.

Comment fait-on pour embrasser un ami ? Ce n'est pas comme avec un amant sur lequel on se jetterait la porte à peine ouverte. Faut-il attendre son autorisation, choisir le bon moment ? Et quel est le sens d'un baiser sans désir ? Est-ce que cela ressemble à un baiser de cinéma, mais sans caméra ? Ou à un mouvement accompli simplement pour la beauté du geste ?

On était debout, l'un en face de l'autre, à bonne distance. Il m'a proposé un café ou un verre d'eau. On se donnait des nouvelles. C'était vertigineux. Dérouler une décennie en quelques minutes. « J'ai programmé le réveil », m'a-t-il précisé entre deux phrases. C'était une manière habile de me rappeler pourquoi nous étions là. Il allait falloir s'embrasser. Et ne pas trop tarder, car je devais être de retour chez moi avant la *deadline* puisque je ne voulais pas tricher.

L'horloge tournait. Ce qui n'était pas si grave puisqu'un baiser, ça peut s'accomplir, se dénouer, en quelques instants. Nous n'avions d'ailleurs pas précisé si nous ajouterions ou pas nos langues, ou si nous resterions sur le bout des lèvres. Oui, en une seconde un baiser pouvait se conclure. Cela nous laissait donc 19 minutes et 59 secondes pour échanger réciproquement sur les deux dernières décennies. C'était comme un film en accéléré : les études qui passent, les boulots qui changent, les amoureux qui tournent, les proches qui meurent, les joies, les peines, tout. On avait combien de temps exactement ? Une minute par année pour se remettre à niveau. C'est-à-dire trente secondes chacun. Je calculais dans ma tête : je peux lui résumer chaque mois en trois secondes. Non, c'est impossible. Je n'ai pas assez l'esprit de synthèse. Ou lui raconter chaque saison, depuis qu'on ne s'est pas vus, en moins de dix secondes ? C'est court, très court, mais ça devient à peu près possible.

« Mathieu ? » J'ai eu l'impression de devoir reposer la machine à calculer. « Mathieu, il faut qu'on s'embrasse : il nous reste dix minutes. »

On s'est rapprochés. Il y a eu un grand silence. Des mouvements lents. Une timidité. Un trac d'enfant.

J'étais, je crois, un peu plus grand que lui. Son corps était plus fin que le mien. Je n'étais pas habitué à ces proportions. On souriait tous les deux. Comme deux acrobates sur un fil à dix mètres de hauteur, qui se rapprochent l'un de l'autre, tout doucement. Et on s'est embrassés.

Ça y est : on l'avait fait. J'étais heureux. Je n'avais pas prévu la suite. Je venais d'appuyer sur un bouton. Ce garçon m'entraînait vers sa chambre. Le baiser devenait une pieuvre. Avec ses tentacules, il prenait ses aises. Il se déployait un peu partout.

Je n'étais pas sûr que le « Bon pour un baiser » offert par Fanny me permettait d'aller si loin. Le pas de côté devait rester circonscrit : on ne peut pas coucher ensemble. (Ou peut-être que si ? Puisque à l'origine je voulais mettre en pratique ce conseil : commencer par coucher avec un ami avant d'envisager une vraie sexualité sans Benoît.)

Sa chambre était plongée dans une semi-obscurité, les volets étaient à demi fermés. Je me laissais embarquer. Moi aussi j'avais appuyé sur un bouton ; et voici qu'on se mettait à s'embrasser en version XXL, à se déshabiller comme des grands, vingt ans après notre première rencontre, à se sucer ; lui en tout cas m'a sucé, moi je ne sais plus.

Le réveil a sonné de manière stridente ; le garçon a crié « merde ! », car on n'avait toujours pas joui, il a couru pour l'éteindre ; je voulais lui dire : « Stop, il faut que je reparte », mais je n'osais pas. Est-ce que j'étais en train de gâcher mon jeu, de bafouer les règles que j'avais moi-même édictées autour d'un « Bon pour un baiser » ?

Nos corps qui s'enlacent à nouveau, mon esprit qui se met sur *off*, on verra plus tard je me dis. Comme si une force extérieure venait prendre possession de mon corps, me faire oublier les contingences matérielles, le monde autour ; il n'y a plus que ce garçon et moi dans ce lit, qui cherchons, à brève échéance, à nous faire jouir.

Et c'est ainsi qu'on s'est relevés, le corps repu, toujours ce sourire aux lèvres, un peu moqueurs de nous-mêmes, avec tendresse. Je me rhabillai à toute vitesse, je savais que j'étais en retard. J'avais dix minutes environ pour retourner chez moi : il allait falloir que je coure.

Je me souviens d'être rentré peu après l'heure limite de mon autorisation de sortie. Je m'étais demandé si j'allais croiser un policier. Si oui, cela aurait peut-être donné une valeur supplémentaire à ce baiser, une valeur monétaire : 135 euros, le prix d'une amende pour avoir dépassé de quelques minutes l'autorisation chronométrée que je m'étais accordée.

Aurais-je pu lui expliquer la raison de ma sortie ? Quel motif avais-je indiqué ce jour-là sur le formulaire ? Comme d'habitude, personne ne m'a rien demandé. Jamais, pendant le confinement, je ne me suis fait contrôler.

Ce n'est pourtant pas faute d'avoir essayé. Ainsi, j'étais allé jusqu'à marcher, de manière ostentatoire, à travers une bande de policiers, dispersés à proximité de la canopée des Halles. Ils ressemblaient à des danseurs sur une scène de théâtre. Les corps en uniforme, couleurs sombres, espacés les uns des autres, de cinq à dix mètres, se regardant sans se parler ; et moi qui déambulais entre eux, le pas lent, comme une boule dans un jeu de quilles. J'espérais que l'un d'eux m'adresse la parole, pour expérimenter cette situation que beaucoup d'entre nous découvraient : devoir se justifier pour se balader dans la rue.

Par la suite, le « garçon du Bon pour un baiser » m'a recontacté. Il voulait qu'on recommence. J'étais un peu gêné. Je me sentais coupable d'avoir joué avec lui. Il était devenu un personnage dans ma tête. Un pion.

Il ne pouvait pas entrer dans ma vie. Pas sexuellement en tout cas. Il était un ami du passé. Pas un amant. Et c'est d'ailleurs pour cette raison que j'avais couché avec lui. Pour cette raison précise.

46

Dans trois jours, le confinement sera levé. C'est une perspective qui ne m'enchante pas.

Le « confinement » en période de deuil est un espace réconfortant. Je vis dans ma bulle, sans aucune pression sociale ni professionnelle, je refuse de me projeter. J'en serais incapable; cela me protège de tout stress, notamment financier. Je vis au jour le jour. Je suis comme un enfant. Il y a quelque chose de régressif et de voluptueux: être enfermé dans cet appartement, et mener l'enquête sur l'homme que je n'ai pas connu.

Cette période bénie, je vais devoir y mettre fin. Je repousse au maximum cette échéance. Pourtant je sais que, pour poursuivre ce livre, je dois nécessairement bouger. Par exemple, pour me rendre en Picardie, dans le village où habite Nicolas, qui était semble-t-il son meilleur ami au collège et dont je n'avais jamais entendu parler. J'ai retrouvé sa trace grâce à R., qui s'est souvenu de son prénom et de son nom. J'ai ensuite fait une recherche sur les réseaux sociaux.

Nicolas m'a précisé qu'il ne souhaitait pas communiquer avec moi par téléphone. Il aimerait qu'on se rencontre « pour de vrai ».

Ce matin, j'ai vérifié: nous sommes à quatre-vingt-douze kilomètres l'un de l'autre; techniquement, il nous serait donc possible de nous parler dès la semaine prochaine: les déplacements seront en effet autorisés sur une distance de cent kilomètres.

« L'annonce de sa mort m'a traumatisé », me dit-il. Depuis deux ans, ils devaient organiser des retrouvailles lors d'un déjeuner qui n'a finalement pas eu lieu, chacun d'eux pensant qu'il avait encore le temps.

(Playlist #2)

Je te supplie
d'Alex Beaupain

1989

La mélancolie

47

« Tu ne trouves pas qu'il a une gueule bizarre ? »

Benoît était dans l'ascenseur du siège de la Fnac. Il n'aimait pas beaucoup parler à ses collègues, encore moins dans cet espace clos, surtout pour commenter le visage d'un artiste sur une affiche encadrée en face des boutons des étages.

« Il a un truc bizarre avec son nez ; comme si la photo avait été retouchée. » Benoît, qui faisait facilement vingt centimètres de plus que cet employé (dont il ne se rappelait même pas le prénom, mais à qui il disait « bonjour » de temps en temps à la cantine), préférait ne pas répondre ; il se contentait d'esquisser un sourire, avec le coin gauche de sa bouche.

« Mais surtout, ce mec est moche, non ? » Heureusement, cette monoconversation allait bientôt connaître son terme, l'ascenseur venant d'arriver à l'étage où travaillait ce collègue dont Benoît apercevait des pellicules sur les épaules de sa veste.

« Bonne journée ! » Benoît a hoché la tête. Lui travaillait au dernier étage, celui de la direction.

Ce matin, il avait la confirmation qu'il ne faut jamais mêler sa vie privée et sa vie professionnelle. Car cet artiste dont le visage était affiché dans l'ascenseur, c'était moi.

Pourquoi la photo de son mec se retrouvait mise en valeur dans l'ascenseur de sa boîte ? Bien sûr, il avait appris qu'une de ses collègues souhaitait m'inviter pour la sortie de mon nouveau roman ; il ne s'y était pas opposé. Il s'était quand même demandé si cette invitation n'était pas une manière détournée de lui signifier que tout le monde, dans son équipe, connaissait sa vie privée. Peut-être même que cela partait d'une bonne intention. Vouloir l'aider à se détendre. Car cela n'avait rien de grave. Au début du XXIe siècle, à Paris, dans le monde culturel, être homosexuel n'était pas la chose la plus dangereuse au monde. Mais Benoît se méfiait. Il voulait rester discret.

Dès le départ, cette rencontre l'avait agacé.

Lorsque sa collègue m'avait adressé un e-mail, j'avais répondu « oui ! » tout de suite. J'étais tellement fier d'être invité dans un des magasins de l'enseigne dont Benoît dirigeait l'action culturelle.

Cette collègue avait plaisanté à ce sujet : « Simonet, il a l'air vraiment content de venir : il a mis dix secondes à me répondre ! »

Le soir, Benoît m'a passé un savon : « Mathieu, si tu veux te faire réinviter, il faut que tu apprennes les codes. Tu ne peux pas répondre oui tout de suite, comme si tu étais devant ton ordinateur à attendre une invitation. »

48

Benoît aurait eu quarante-sept ans le lendemain du déconfinement. J'avais l'impression que la France entière avait été autorisée à sortir pour souffler ses bougies à sa place.

Pour son premier non-anniversaire, je suis allé au Père-Lachaise. J'espérais y voir mon nom inscrit sous le sien. Deux mois plus tôt, dans les locaux des pompes funèbres, j'avais griffonné sur un bout de papier : « Mathieu Simonet 1972-   ».

J'avais refusé de faire graver le chiffre « 20 » après mon année de naissance.

Je crois que j'avais été influencé par la veuve de Céline qui était décédée récemment. J'avais lu plusieurs articles à propos de sa sépulture. Son mari était mort un demi-siècle avant elle. Sur leur tombeau, elle avait fait inscrire :

Lucie Destouches
1912-19

De manière mystérieuse, cette date incomplète était presque prémonitoire puisqu'elle décédera en 2019.

L'espace n'était donc pas placé au bon endroit. Il fallait faire une rature sur la tombe. Effacer le « 1 » et le « 9 », puis tout recommencer. Je ne voulais surtout pas me retrouver dans cette situation.

Qui pouvait prédire avec certitude les progrès de la médecine ? Et si, par miracle, je vivais jusqu'en 2100 ? Jusqu'à l'âge de cent vingt-huit ans ? Oui, c'était possible. La doyenne de l'humanité était bien morte à cent vingt-deux ans. Or on pouvait raisonnablement gagner une décennie d'espérance de vie au cours du XXIe siècle. Donc non : pas de « 20 » pour annoncer ma mort. Pas même de « 2 » tout court, car je voulais conserver toutes les options ouvertes, y compris celle de vivre pendant plusieurs centaines d'années. De ne mourir qu'en l'an 3000.

J'apercevais quelques sourires moqueurs sur le visage de mes interlocuteurs. J'avais conscience que cette inscription, figer le lieu de ma mort, était inhabituel. Certains trouvaient que cela représentait une magnifique preuve d'amour. Parfois, on me précisait : « Évidemment, tu auras le droit de changer d'avis. » Cette hypothèse me révulsait. Je répondais avec véhémence que ce n'était pas une option. « Mais imagine que tu rencontres un autre homme… Il aura peut-être envie de finir ses jours avec toi. Jusque dans ta tombe. » Cela me semblait abject. Pour moi, Benoît était comme un enfant. Si quelqu'un m'aimait un jour, il faudrait qu'il accepte le package. Ce serait un couple à trois. Avec un vivant et un mort.

Pour ce premier anniversaire sans lui, j'avançais à pas lents dans les allées du cimetière. Je retenais ma respiration. J'éprouvais la même émotion que lors des résultats du bac, à la fin des années 80 (à une époque où Internet n'existait pas), quand on s'approchait des grilles du lycée. Tous les noms des élèves étaient affichés. Nos yeux apercevaient les grandes feuilles placardées. La vérité était devant nous. Et on ne la voyait pas tout de suite. C'était une mise en scène vertigineuse, offerte à chaque nouvelle génération. Il fallait attendre quelques minutes ou quelques secondes. Souvent, on courait en criant, parfois en groupe, en se tenant la main. Puis on se taisait. On cherchait notre nom. Le stress nous embrouillait. Puis il y avait une explosion. De joie ou de larmes.

Devant la petite chapelle, j'ai constaté que mon nom ne figurait pas sur la plaque. J'ai ressenti une micro-déception. J'étais submergé d'émotions, chacune ayant le pouvoir d'effacer la précédente. Depuis qu'il était inhumé, c'était la première fois que je me retrouvais seul avec lui ; j'éprouvais une forme de joie à laquelle je ne m'attendais pas.

Sa présence m'avait tant manqué. J'avais l'impression que la petite chapelle était une armoire, un corps de la taille de Benoît. Je rêvais de l'enlacer. Je n'osais pas parce qu'il y avait des badauds qui remontaient l'allée.

49

La « dépression » a commencé à cette époque.

Je n'étais plus « junky » ni « en hibernation », mais « déprimé », tout simplement. C'était peut-être la troisième phase qu'il fallait affronter.

« Affronter » n'est pas le bon mot. Il ne s'agissait pas de faire la guerre. De se battre. Mais simplement de continuer à faire le « dos rond ». Ne pas avoir peur de cette grande roue, de cette fête foraine, à travers laquelle tout notre corps est propulsé. Attendre un an. Se raccrocher à cet horizon. Celui des 365 jours.

50

Pendant deux semaines, Benoît et moi avions le même âge. Du 12 au 27 mai. Ensuite je redevenais son aîné.

Le jour de mon anniversaire, je suis retourné au Père-Lachaise. Avec la même curiosité morbide : voir mon nom sur sa tombe. Malheureusement, il n'avait toujours pas été gravé. En revanche, la plaque de Benoît avait été descellée : elle était probablement partie chez le tailleur de pierre.

Ce matin-là, j'ai remarqué qu'il avait une voisine dans la chapelle. Une certaine Ella Toulouse, morte à l'âge de vingt-trois ans. Cela m'a fait plaisir. Lui qui aimait tant la jeunesse, il ne pouvait pas trouver voisine plus agréable.

En sortant du cimetière, j'ai couru aux pompes funèbres. Je voulais entrer en contact avec sa famille. J'étais euphorique. Je trouvais ça tellement beau. Ella connaissait peut-être le festival Fnac Live ?

Le personnel ne souriait pas beaucoup.

Ils m'ont fait comprendre que c'était une fausse bonne idée : « Les parents sont sans doute traumatisés par la mort de leur fille. Notre établissement ne s'est pas occupé de son inhumation. Mais nous vous conseillons d'attendre un peu avant d'exprimer votre enthousiasme. »

Je voyais bien que la mort de Benoît m'avait rendu un peu fêlé.

51

Le soir, j'ai invité une dizaine d'amis à la maison. C'était mon premier anniversaire sans lui depuis 2005. Il y avait du champagne. Je me sentais triste. J'essayais de faire bonne figure. Je souriais de manière mécanique.

J'ai gardé une image, une seule, celle d'une bouteille de Ruinart vide sur la table basse. Dès que je l'ai aperçue dans mon champ de vision, une angoisse m'a saisi ; j'ai couru jusqu'à la cuisine, ai ouvert le frigo : dans la porte intérieure, il manquait cette bouteille que je conservais précieusement.

Six mois plus tôt, je l'avais achetée chez le caviste de notre rue. Benoît adorait l'alcool, le champagne en particulier (le Ruinart était son préféré). Il venait alors de faire un séjour à l'hôpital ; il avait obtenu une autorisation de sortie. On était tellement heureux de se retrouver chez nous. J'avais disposé des chips et des tomates cerises sur la table basse. Je n'avais pas encore compris que cette soirée serait un petit enfer.

Benoît a trempé ses lèvres dans la coupe. Et très vite, il m'a avoué qu'il ne pouvait plus en boire. Est-ce que sa tête tournait ? Est-ce que l'odeur le dégoûtait ? Avait-il des nausées ? C'était la première fois, depuis notre rencontre, qu'on ne terminait pas une bouteille de champagne. Dès le lendemain, il est retourné à l'hôpital.

Il n'en est jamais ressorti.

Dans les semaines qui ont suivi, je me retrouvais régulièrement nez à nez avec cette bouteille, que j'avais rangée dans la porte intérieure du frigo. Et, chaque fois, je repensais à cette dernière coupe bue, de manière parcimonieuse, par Benoît.

Après sa mort, je l'ai gardée. C'était un objet précieux auquel je tenais. Alors évidemment, lorsque le soir de mon anniversaire j'ai compris qu'un ami, une amie (je n'ai jamais su qui, je n'ai jamais mené l'enquête, ce livre me permettra peut-être de le découvrir), a empoigné cette bouteille entamée en pensant qu'elle avait été ouverte pour mon anniversaire, l'a apportée sur la table basse, a servi quelques verres (personne n'a osé dire que cette boisson de fête, ouverte des mois plus tôt, était sans doute dégueulasse), je me suis senti nostalgique. Qui, parmi mes amis, a englouti le champagne qui aurait pu être bu par Benoît ?

52

Le lendemain, j'ai reçu une photo de la part des pompes funèbres. Elles m'informaient que mon nom avait été gravé sur la plaque de Benoît. Par hasard, le sculpteur y avait travaillé la veille, c'est-à-dire le jour de mon anniversaire.

La plaque venait d'être fixée sur la paroi intérieure gauche de la petite chapelle. Je me suis précipité pour aller la voir. En arrivant au cimetière, j'ai ralenti mon pas. Je connaissais le chemin par cœur. Je marchais en écoutant de la musique ; j'avais l'impression d'être dans un film.

Voir mon nom dans la petite chapelle a été un choc. Le mélange d'une gifle et d'une caresse.

Je craignais que des passants m'identifient, se disent : « C'est lui. Il a le physique d'un homme de cinquante ans et il est manifestement gay ! »

Je me suis avancé pour dissimuler la plaque avec mon corps. J'avais honte. J'avais envie de cacher la petite chapelle sous la terre. Je voulais crier mon amour pour Benoît et que personne ne nous entende. Que personne ne nous voie. Je ne savais plus comment faire.

53

La troisième étape du deuil serait celle de la « négociation ».

On essaye de refaire le match. On se persuade que, si tel événement n'avait pas eu lieu, la personne ne serait pas morte. Ou bien on négocie avec Dieu le retour de l'être aimé.

Pas plus que les précédentes, cette explication ne faisait écho en moi ; elle ne correspondait en rien à mon histoire.

Peut-être que la théorie du cycle du deuil est bancale. Qu'elle ne repose sur rien ou sur pas grand-chose. Il n'en demeure pas moins qu'elle a atteint aujourd'hui une forme de célébrité, même si certains la critiquent, lui reprochent en particulier son manque de rigueur, son absence de preuves. Si elle ne repose pas sur une vérité scientifique, sa force est probablement ailleurs. Peut-être constitue-t-elle simplement une invitation à se raconter une histoire. Du « marketing psychologique » pour nous faire patienter. Comme sur un ordinateur. Quand on télécharge un fichier, on préfère attendre « étape par étape » : cela semble moins long. L'enjeu ne serait donc pas de passer par tel ou tel stade, d'être conforme ou non à ce qui est attendu d'un endeuillé, mais d'attendre simplement que le téléchargement se termine. Comme lorsqu'on observe les numéros qui augmentent dans un ascenseur. Ou le temps d'attente qui défile sur le quai du métro. Oui. L'enjeu ce serait simplement de nous aider à nous raconter une histoire. À identifier les cinq saisons du deuil. Avec tout ce que cela contient d'étrange. Et de manichéen.

54

« **LE CRI.** Jusqu'à l'âge de vingt-cinq ans au moins, je fondais en larmes lorsqu'on élevait la voix sur moi, même lorsque ça ne m'était pas destiné. »

55

La théorie du cycle du deuil serait une invention d'Elisabeth Kübler-Ross.

La réalité est un peu plus complexe : cette psychiatre s'était intéressée aux personnes en fin de vie. Elle voulait que ces dernières témoignent de leur proximité avec la mort.

Dans un premier temps, aucun médecin n'a voulu l'aider dans cette entreprise. Ils craignaient de traumatiser leurs patients. Et ils n'étaient pas à l'aise avec cette idée de demander à des mourants de leur enseigner la vie. Mais, à force de pugnacité, elle a réussi à mener à bien cette expérience.

Par la suite, un grand nombre de professionnels ont souhaité observer ce protocole, derrière des vitres sans tain. Les cobayes étaient informés de ce qui allait se passer et pouvaient à tout moment interrompre l'exercice.

C'est à partir des enregistrements de ces entretiens que cette psychiatre a défini les cinq étapes de la fin de vie : le déni (je ne vais pas mourir), la colère (ce n'est pas juste), le marchandage (si j'arrête de boire et de fumer, donnez-moi une dernière chance), la dépression (celle qui génère le plus d'empathie chez les vivants) et l'acceptation (celle qu'on idéalise mais qui reste un grand mystère).

Depuis, cette théorie a été recyclée. D'abord, et avant tout, pour parler de ce qui se passe après la mort, du côté des vivants. Puis pour analyser les ruptures amoureuses. Et, même, parfois, pour préparer des déménagements, ou enseigner des stratégies de management dans des écoles de commerce.

56

La durée du deuil est en partie politique. Elle a notamment permis d'illustrer la différence entre les hommes et les femmes (le deuil féminin pouvait être jusqu'à trois fois plus long), entre la capitale et le reste de la France (environ un an à Paris ; deux ans dans les campagnes).

Des différences subtiles pouvaient même exister au sein des rangs de la noblesse. Ainsi, au Moyen Âge, les veuves devaient rester allongées sur un drap blanc pendant un délai qui variait selon leur rang : six semaines pour une duchesse, neuf jours seulement pour une comtesse.

57

Le 21 juin, nous aurions dû fêter nos noces de laine.

Comme à toutes les dates importantes, je suis revenu au Père-Lachaise. Je marchais en écoutant de la musique. J'étais convaincu que Benoît m'envoyait des signes. Chaque fois, j'étais frappé par ce que je comprenais, par ce que j'entendais en décryptant les paroles des chansons, qui étaient diffusées de manière aléatoire dans mes écouteurs.

J'étais presque arrivé. Je remontais l'avenue Feuillant. Sur la gauche, il y a le chemin de la cave, avec la petite chapelle en pierre blanche et son micro-toit de tôle. À l'intérieur, il y avait quelqu'un. J'étais incapable de distinguer si c'était un homme ou une femme. Ses cheveux étaient courts. Corpulence relativement fine. À peu près ma taille. Pas tout à fait à genoux. Un peu comme une amazone. J'étais hypnotisé par cette image.

Je savais que c'était un membre de la famille d'Ella. Cela me touchait. J'étais intimidé. La personne a senti ma présence. Elle s'est retournée. C'était une femme. Nous nous sommes approchés l'un de l'autre.

« Vous êtes la mère ? » ai-je demandé. Ce sont les premiers mots que j'ai prononcés. « Vous êtes le mari ? » a-t-elle répondu. Nous avons éclaté en sanglots. Et nous nous sommes blottis l'un contre l'autre.

58

La mère d'Ella est américaine. Elle s'appelle Cassie.

Comme Benoît, elle adore Ella Fitzgerald. Depuis la disparition de sa fille, elle ne parle plus à grand monde. Elle aime marcher dans Paris.

Le cancer d'Ella fut foudroyant. C'était une artiste. Elle a notamment créé un « accordéon de la mémoire » ; ses parents l'ont édité à un demi-millier d'exemplaires. Ils m'en ont offert un. J'ai fondu en larmes quand je l'ai déployé.

À gauche de la chapelle, il y a un petit espace. Cassie m'a expliqué qu'elle voulait y planter un figuier pour Ella. C'est son mari, je crois, qui en a eu l'idée.

Moi, j'avais pensé à un citronnier pour Benoît. Parce qu'il y en avait un que j'adorais sur la terrasse de mes grands-parents, dans leur appartement qui surplombait la baie de Cannes.

J'en avais d'ailleurs acheté un, juste avant le confinement. Je l'avais transporté dans le métro. C'était lourd. Comme un chemin de croix miniature. Il a été volé quelques jours plus tard. J'étais abasourdi. Qui pouvait dérober les plantes d'un cimetière ? J'en avais acheté un second, quelques jours plus tard. Dès le lendemain, il n'était plus là. On m'a expliqué que c'était courant. Il existerait un trafic de plantes dans ce cimetière. On ne pouvait rien y faire. C'est pourquoi Cassie et son mari préféraient planter un arbuste. Les voleurs ne poussaient pas le vice jusqu'à les arracher. Le problème, c'est qu'il est interdit d'installer de nouvelles plantations dans le cimetière. Les racines des arbres peuvent en effet être dangereuses pour les tombes : elles peuvent les éventrer. Il faudrait donc agir en cachette. En espérant que personne ne s'en rendrait compte.

J'étais prêt à participer à ce commando.

Tous les trois, dans la clandestinité, nous allions planter un figuier pour leur fille. Et pour Benoît.

59

« **BOURGEON.** Ma mère guettait en permanence le chant des oiseaux, le passage des animaux dans le jardin, l'éclosion des fleurs et les changements de la végétation. Mon père nous apprenait à reconnaître les plantations dans les champs, à observer les séquences de moisson, de floraison, les étapes de la nature. J'en ai gardé une sensibilité aux saisons. Le printemps me rend euphorique, l'automne est insupportable. »

60

Un jour, j'ai repris contact avec Nicolas, son meilleur ami du collège.

Nous nous sommes donné rendez-vous en face de la gare de l'Est. J'avais quelques minutes de retard. Lui était en avance. Je ne savais pas à quoi il ressemblait. J'ai balayé du regard le parvis de la gare. J'ai vu un homme, assis sur un banc, qui me faisait des signes.

En m'avançant vers lui, je me rendais compte que je ne connaissais rien de sa vie. Benoît ne m'avait jamais parlé de ce garçon. Nicolas, quant à lui, n'avait pas voulu échanger par téléphone. Je n'avais rien trouvé sur Internet (son nom de famille est relativement banal : son prénom et son patronyme sont portés par de nombreuses autres personnes).

Je l'ai vu se lever. Il est roux, plus petit que moi, avec un nez de boxeur. On s'est serré la main. Il n'y a pas eu d'effusion entre nous. Notre premier contact fut poli.

On s'est assis dans une brasserie un peu bruyante. Nicolas parlait à voix basse. Je l'entendais mal. Je n'ai pas osé prendre de notes. Je ne savais pas s'il réalisait que j'étais un vampire d'histoires. Que je venais aspirer la sienne. Je n'assumais pas tout à fait ce rôle. C'est pourquoi je préférais ne pas sortir mon carnet. Faire simplement confiance à ma mémoire.

Il m'explique qu'ils se sont rencontrés à l'âge de onze ans au conservatoire de musique de Beauvais. Le premier jour, ils étaient assis côte à côte. Nicolas a fait une blague, et Benoît a hurlé de rire.

Je vois son œil qui pétille à l'évocation de ce souvenir.

À partir de là, ils ne se sont plus quittés. Ils se voyaient toutes les semaines au conservatoire, mais aussi le week-end, chez l'un ou chez l'autre. Pendant les vacances, ils se fréquentaient aussi car ils étaient souvent assignés chez eux. « On ne partait pas beaucoup. »

Nicolas ne se souvient pas que Benoît voulait devenir chanteur.

« Il était très timide. Il riait à toutes mes blagues. C'était le seul avec qui je me sentais moi-même. Qui ne s'est jamais moqué de moi. » Nicolas bégayait, ce qui le complexait. Cela ne l'empêchait pas d'avoir un certain succès : au collège, il avait toujours plusieurs amoureuses en même temps. Il n'y avait rien de sexuel avec ses conquêtes. « À l'époque, on n'aurait pas osé. »

Benoît, de son côté, n'évoquait aucune aventure avec une fille. Nicolas ne se posait aucune question parce que lui-même avait toujours compartimenté sa vie : il y avait ses copains du collège, ceux du rugby, Benoît, sa famille et ses amoureuses. Il y avait des digues étanches entre chaque groupe.

Il me précise : « Benoît parlait aussi, mais il ne racontait rien de personnel. Moi, par contre, je me confiais beaucoup à lui. Et toujours il riait. J'ai l'impression qu'il passait son temps à rire de mes blagues, ce qui me faisait un bien fou. »

Au lycée, ils n'étaient toujours pas dans le même établissement mais ils continuaient de se voir toutes les semaines, au conservatoire de musique, les week-ends et une partie des vacances scolaires.

Ils vivaient en vase clos. Sans se présenter leurs autres proches. Ainsi, Nicolas n'a jamais entendu parler de Manu, la cousine adorée de Benoît. En revanche, il se souvient de sa mère : « La classe absolue » et du père : « Dès qu'il rentrait du travail, l'ambiance changeait. Il y avait une chape de plomb. »

En terminale, les deux garçons sont partis ensemble à Porquerolles. Je me souviens que Benoît m'en avait parlé parce qu'il y avait accompli un de ses rêves : s'initier à la plongée sous-marine. Mais il ne m'avait jamais évoqué cette amitié fusionnelle.

À leur retour, Nicolas avait la possibilité d'aller plus loin avec une fille qu'il avait embrassée avec la langue. Il avait peur de ne pas être à la hauteur car il était puceau. Cette conversation a eu lieu dans la chambre de Nicolas. Benoît avait tout juste dix-sept ans. Il a proposé son aide : « Si tu veux, je te suce, comme ça tu auras un petit entraînement. »

Nicolas a refusé. Et puis finalement il a accepté. Il est donc le premier garçon avec lequel Benoît a eu une relation sexuelle.

Nicolas me précise qu'il a fermé les yeux et pensé à une fille.

Le lendemain, toujours au même endroit, Benoît a proposé de recommencer. Nicolas a hésité. Ça n'avait pas été désagréable. Mais il n'était pas pédé. Il ne fallait pas que ça devienne une habitude. Alors il a dit non. Benoît a insisté ; et Nicolas a cédé.

Jusqu'ici tout allait à peu près bien. C'est la suite qui a tout fait basculer.

61

Dans chacun de mes livres, j'utilise une lettre de l'alphabet pour évoquer un ou plusieurs personnages secondaires.

J'ai commencé par le « Z » dans *Les Carnets blancs*, j'ai poursuivi par le « Y » dans *La Maternité*; j'ai parfois glissé cette « lettre anonyme » dans une nouvelle (notamment le « W » que je ne voulais pas me trimbaler pendant un roman entier). Si mes comptes sont bons, *Le grain de beauté* est le livre du « R ».

En général, je n'explique pas cette coquetterie. Des lecteurs me demandent parfois: mais qui est « Z »? Qui est « V »? Qui est « U »?

En lisant un de mes livres, on peut facilement remarquer que plusieurs personnes sont identifiées par une même lettre de l'alphabet. Certaines sont moins discrètes que d'autres (tel le « Y »), d'autres sont passe-partout (comme l'iconique « X »), certaines se dissolvent dans l'écriture (un « S », inséré au compte-gouttes).

Pour ce manuscrit, le « R » pose évidemment question: il y en a suffisamment pour créer une ambiguïté, pour qu'on se demande: « Mais s'agit-il de la même personne que tout à l'heure? » J'ai bien conscience que je crée ainsi une zizanie non romanesque, qui n'apporte rien au livre, un caprice d'écrivain auquel j'hésite à renoncer au moment où je relis une dernière fois ce manuscrit. Alors je tente autre chose : donner la règle du jeu.

Il y a quinze ans, lorsque j'ai commencé cette microscopique série, je me suis dit : j'irai du « Z » jusqu'au « A ». Je décéderai, de mort naturelle, c'est-à-dire par hasard, après avoir écrit le livre de la première lettre de l'alphabet.

Il me resterait donc dix-sept livres à écrire après celui-ci. Si j'en publie un tous les deux ans, je mourrai à quatre-vingt-six ans.

62

Benoît venait donc de sucer Nicolas pour la seconde fois. Il lui aurait dit : « Maintenant, c'est à toi. »

Nicolas a paniqué ; il a répondu : « Non, surtout pas. Je n'ai pas du tout envie. » Mais Benoît a insisté. Insisté. Nicolas précise : « Il ne m'a pas forcé mais je l'ai fait. Je n'en suis pas fier… Quand il est parti, je me suis dit, il faut que ça s'arrête. »

À ce moment de l'histoire, je n'ai qu'une question en tête. Le grain de beauté était-il déjà apparent sur le sexe de Benoît ? Nicolas est en effet le seul témoin de cette époque. Après lui, il semble que personne ne regardera son gland pendant au moins sept ans. Il est donc un témoin privilégié. Mais je n'ose pas l'interrompre dans son récit. Par ailleurs, je me pose une question : ont-ils éjaculé ? J'essaye de la balayer de mon esprit. Mais je ne peux pas m'empêcher de glisser : « Et vous n'aviez pas peur du sida ? » Nicolas répond : « Avec la salive, on ne l'attrape pas », ce qui peut s'interpréter de plusieurs manières. Je n'insiste pas. Et surtout il dit : « De toute de façon, on était tous les deux puceaux. »

Soudain, ma première histoire d'amour, presque parallèle à la leur, me revient en mémoire : une passion pour un hétéro, que j'ai racontée dans *Les corps fermés*, le premier livre que Benoît ait lu de moi. Pourquoi ne m'a-t-il jamais parlé de Nicolas alors que nous avions vécu à peu près la même histoire ?

Lorsque Benoît est parti, Nicolas a ruminé. Ce qui le choquait, ce n'était pas que son meilleur ami puisse être gay (hypothèse à laquelle il n'avait jamais pensé jusqu'ici) mais que, pour la première fois, il l'avait peut-être manipulé : « J'avais honte d'avoir été aussi naïf, d'avoir cru qu'il voulait me rendre service pour me préparer à coucher avec une fille. »

À compter de ce jour, ils ne se parleront plus jamais. Une seule fois, ils se croiseront dans une fête : « Dès que je l'ai vu, j'ai tourné les talons et suis rentré chez moi. »

Trente ans après leur brouille, Nicolas a tenté de reprendre contact avec son ami d'enfance ; Facebook lui indiquait qu'ils avaient plusieurs relations en commun. Il a cliqué. Benoît a accepté l'invitation.

Il faudrait que j'aille fouiller leur conversation. J'en ai ce pouvoir. Ce pouvoir malsain. De veuf ou d'écrivain. Cette légèreté magnifique. De veuf ou d'écrivain. Tout ce qui était inaccessible est maintenant à portée de mes yeux.

Nicolas me dit que, dans leurs échanges, ils n'ont pas reparlé du passé mais ont exprimé l'envie de se revoir. Ils ont enchaîné les rendez-vous manqués. Il y en avait toujours un des deux pour décommander leur déjeuner de retrouvailles. Et puis un jour, Benoît lui a appris qu'il était à l'hôpital.

Quand il est mort, c'était trop tard.

63

Dans un restaurant, Cassie m'a offert *L'année de la pensée magique* de Joan Didion. Le récit des 365 jours de la vie d'une femme après le décès de son mari.

J'étais incapable d'ouvrir ce livre.

À chaque fois que mon regard se posait sur lui, j'étais envahi d'une culpabilité diffuse. J'avais l'impression que Cassie m'avait lancé une corde pour m'aider à sortir de mon deuil et que je restais les bras ballants, seul, au milieu d'une île.

64

Après la mort de Benoît, j'ai eu de nombreux amants. Certaines rencontres venaient scander mon deuil.

Je me souviens d'un interne en médecine rencontré dans un bar du Marais. Il était beaucoup plus jeune que moi. Le corps fin, presque enfantin. Dans des proportions que je ne connaissais pas. Son regard m'a troublé ; je n'avais jamais ressenti cette émotion depuis la mort de Benoît. Je lui ai proposé de venir « chez moi » (j'avais du mal à ne pas dire « chez nous »).

Ce garçon a été le premier à coucher dans notre chambre. Dans notre lit. De manière étrange, j'avais le sentiment qu'il aurait pu plaire à Benoît. Ce n'était pas vraiment mon style d'homme. C'était totalement le sien. J'avais l'impression que Benoît me « l'offrait ». Qu'il était à la manœuvre. Qu'il jouissait une dernière fois à travers moi.

Ce garçon était doux. Intelligent. Drôle.

Au réveil, je savais que notre histoire ne mènerait nulle part. Nous étions tous les deux un peu déçus car, pendant toute une nuit, on avait eu envie d'y croire.

65

J'étais lucide ; je savais que rencontrer un nouveau compagnon ne serait pas simple. Sur les applications de rencontre, on me demandait si j'étais « célibataire ». Je ne pouvais pas répondre « oui ». Même à des garçons dont je ne voyais pas la photo. Qui me proposaient un plan cul, dans la pénombre, bâillonné, sans échanger un mot. Même avec eux, je ne pouvais pas. Je répondais : « Non, je suis veuf. » Alors bien sûr, cela changeait la tournure des échanges. Ça jetait un froid sur l'excitation. Ça empêchait de se projeter dans une éventuelle histoire d'amour.

Être veuf, c'était à la fois une lanterne et un caillou dans ma chaussure. Ce qui me définissait le mieux et ce qui m'empêchait de me définir. Ce statut, que je caressais du doigt avec une infinie tendresse, m'interdisait de me déployer. De réinventer le monde sans Benoît. J'étais prisonnier dans une cage de douceur.

66

Au début de l'été j'ai rencontré Julien, un pharmacien qui a pris soin de moi. J'étais tout le temps malade. Il me donnait des produits aux odeurs réconfortantes.

Cassie a été la première informée de cette histoire en germe (nous étions à une terrasse de café, à Saint-Germain-des-Prés. Nous étions heureux de nous retrouver autour d'un verre de vin. Et très vite, je me suis senti mal à l'aise en lui parlant de Julien. La joie que j'éprouvais à imaginer une vie de couple après Benoît était amère lorsque je devais l'extérioriser).

L'acmé de notre histoire a été atteinte au mois d'août. J'avais proposé à une sœur de maman de nous recevoir à dîner dans sa maison de Normandie. Je n'avais pas voulu qu'on y dorme. J'étais pétri de culpabilité. Une autre de mes tantes était présente. Elle voulait, elle aussi, rencontrer ce nouvel « amoureux ».

Ce soir-là, Julien était parfait. Il nous avait laissé évoquer Benoît, dont on avait parlé un peu. Pas trop. Il avait su écouter et faire rire. Intéresser ma famille sans se mettre trop en avant. Il comprenait chaque subtilité.

Pour la première fois, je touchais du doigt une esquisse d'harmonie entre mon ancienne vie et le futur sans Benoît. Une forme d'équilibre entre le deuil et la joie qui s'enclenche.

Tout au long du dîner, en surplomb des conversations, je nous observais, comme si nous avions été des acteurs. Chacun jouait son rôle à merveille. Sauf moi. Mon corps refusait d'entrer dans ce moule social où j'aspirais à tricoter mon bonheur au quotidien.

Après avoir mangé l'entrée, j'ai senti que mon nez se mettait à couler ; il faisait pourtant particulièrement chaud. Je n'avais aucun mouchoir dans ma poche. Puis, pendant le plat de résistance, en plus de la morve qui dégoulinait comme une fontaine, mon visage s'est mis à fabriquer des pépites sur ma peau. Des plaques tectoniques. Des volcans cutanés entraient en scène. Je ne parlais plus. Je voyais bien que j'étais le trouble-fête. Tout le monde, autour de la table, s'amusait, s'appréciait ; et moi j'étais la faute de goût sur l'échiquier. Je toussais, j'avais de la fièvre.

Après ce dîner, dompté par ce rappel à l'ordre de mon corps, notre histoire avec Julien s'est rapidement déchiquetée.

67

Le deuil ressemble peut-être à un ballet en deux actes.

D'abord, l'endeuillé impose ses excès. Puis la société maîtrise ce chaos. Ainsi, Charlemagne, à la mort de son neveu, se serait évanoui deux fois, puis aurait arraché les poils de sa barbe blanche. Ce sont ses hommes, explique l'historien Philippe Ariès, qui étaient chargés « d'arrêter les transports [...] du deuil », c'est-à-dire de maîtriser ces excès. C'est la société qui a le dernier mot. Du moins, en général.

Parfois, c'est l'endeuillé qui parvient à imposer une nouvelle tradition (comme Anne de Bretagne, qui a introduit le port du noir après la mort de son enfant) ou qui entretient une fantaisie à vie (telle la reine Victoria, qui dormira pendant quarante ans à côté d'une photographie des épaules et du visage de son mari, posée sur un oreiller).

68

Assez rapidement, je me suis séparé des vêtements de Benoît. Je n'ai pas voulu les jeter. Je les ai donnés, en grande partie, à ses amis plus ou moins proches.

Le problème, c'est que je n'arrivais pas à trouver de candidats pour ses chaussures. Personne ne faisait sa taille.

Ses paires s'accumulaient dans le couloir. Je ne parvenais pas à les bazarder, ou à les donner de manière impersonnelle à une association. Je ne pouvais pas abandonner Benoît dans une poubelle. Il était comme un sparadrap sur ma peau.

Un soir, son père m'a téléphoné : « Il paraît que tu cherches quelqu'un qui chausse du 46 ? C'est mon cas ! »

J'étais fou de joie.

J'ai pris le train jusqu'à Beauvais avec des sacs remplis de chaussures, pour que son père puisse choisir celles qu'il aimerait porter. Mon beau-père les voulait toutes. « Je ne porterai plus que les chaussures de mon fils : désormais, je marcherai toujours dans ses pas. »

69

Sigmund Freud est le premier à avoir parlé du « travail de deuil ». Il s'y est intéressé après la mort de son père.

Dans son article « Deuil et mélancolie », il explique qu'après le décès d'un proche, on sublime l'être perdu. Il brûle en nous. Il faut attendre qu'il se consume pour que le travail de deuil soit terminé. C'est exactement ce que j'ai vécu après la mort de maman.

Un de ses contemporains, Karl Abraham (dont Freud se serait inspiré pour écrire son article), avait une position un peu différente. Selon lui, le travail de deuil tend à trouver une place au défunt, à l'incorporer en nous de façon harmonieuse.

De manière un peu confuse, j'ai le sentiment que c'est précisément ce que je cherche à faire avec Benoît. Je ne cherche pas à l'oublier mais à l'assimiler. Comme nos ancêtres qui nous transmettent leurs gènes.

70

« **LE HÉRISSON.** Je ne sais pas très bien cultiver les amitiés. J'en rêve, mais je suis comme handicapé. Trop près, j'ai peur des coups, de ma trop grande sensibilité, de souffrir, d'être déçu, ou envahi. Trop loin, je redoute l'abandon ou le mépris, la solitude, le vide. Il m'est très difficile de trouver la bonne distance, celle qui épanouit, celle qui réchauffe, celle qui ne menace pas. Pourtant je suis fidèle comme un chien, et j'ai le cœur assez grand pour une tribu entière. »

71

Le Père-Lachaise devenait de plus en plus vivant. Avec de nouveaux amis. De nouveaux défis.

Chaque fois qu'il se passait quelque chose dans la petite chapelle, Cassie et moi prévenions l'autre. Ainsi, nous avions vu s'installer un troisième défunt : un journaliste italien, qui était un peu plus âgé que Benoît.

On se répartissait les étages. C'était une colocation mortuaire. Pour une période de trente ans. Il n'était pas possible de réserver une des cases funéraires pour une période plus longue. Il faudrait donc être prévoyant, inscrire une clause spécifique dans mon testament pour que les cendres de Benoît ne soient jamais expulsées du Père-Lachaise.

Un tel scénario pourrait-il se produire ? Qui oserait, à mains nues, extraire son urne de la chapelle ?

C'est probablement ce qui était arrivé aux anciens occupants. À moins que leurs squelettes soient restés au sous-sol ? Les morts disposaient-ils de droits ? De garanties ?

Ella était au « rez-de-chaussée » ; le journaliste italien au premier.

Je n'ai croisé qu'une seule fois sa veuve, elle m'a transmis son numéro de portable, mais je n'ai pas développé la même intimité qu'avec Cassie ; je ne sais même plus à quoi elle ressemble. Je me souviens simplement qu'elle m'avait dit : « Je suis née en 1973, la même année que votre mari », ce qui m'avait fait plaisir.

Le moindre signe, la moindre coïncidence me ravissaient. J'étais « l'idiot du village ». L'idiot du cimetière. Je me construisais un nouveau monde, de nouveaux codes, une nouvelle famille, dans cette maison qui était devenue pleinement la nôtre.

Benoît était au « deuxième étage » ; il avait la meilleure vue.

Au mois de juillet, un vieil homme portant un nom asiatique a investi le quatrième et dernier niveau, le « grenier », sous le mini-toit.

Je n'ai jamais croisé sa famille.

Un jour, j'ai remarqué une nouveauté à son sujet : un médaillon venait d'être ajouté. Le doyen de la petite chapelle semblait avoir été rejoint par un de ses proches. Peut-être par sa femme ou par un de ses enfants. Je me suis approché pour voir ; et c'est alors que ma tête a cogné contre le toit. J'ai reculé d'un bond, à moitié sonné.

J'ai pris un temps pour parler à Benoît, comme je le fais souvent depuis sa mort ; je lui commentais tout ce qui se passait. Puis j'ai avancé de nouveau en faisant attention à ne pas me blesser. J'étais curieux. Je voulais connaître le nom du nouveau résident.

« Rocky ».

Il s'appelait Rocky. Et c'était un chien. Cela m'a fait rire. J'ai immédiatement écrit à Cassie pour la prévenir.

72

Benoît, d'une certaine manière, m'envoyait des signes.

Je ne suis pas croyant. Je ne crois pas aux esprits. Pour autant, je sens sa présence. Sans doute parce qu'il m'a tant aimé qu'il en reste des traces, une forme de protection.

Personne, pas même mes parents, ne m'a aimé autant que lui. En ce qui concerne mon père, la haine qu'il me voue le met hors compétition ; je suis le fils qu'il a adulé et dont aujourd'hui il se méfie comme de la peste. Quant à ma mère, elle m'a aimé passionnément. Mais elle m'aimait mal, en partie. Alors que Benoît m'a toujours aimé, avec toutes mes failles, avec tous mes défauts, sans complaisance. Il m'aimait parce qu'il me connaissait. Alors même qu'il me connaissait sur le bout des doigts. Je suis parti dans une digression. Je ne sais plus où j'en suis. J'écoute Laura Cahen dont la voix me touche tellement. Sa chanson *Coquelicot*. Je ne crois pas aux esprits (reprendre ce texte comme au milieu d'une conversation). Pourtant, je ressens l'amour de Benoît en bloc, comme s'il m'avait injecté une substance. Et sa mort n'enlève rien à sa densité. Je le sens en moi, telle une armure.

En outre, je parle à Benoît presque tous les jours, comme un tic de langage. J'ai déjà eu un fou rire en ouvrant le lave-vaisselle avec lui alors qu'il était mort. Il m'arrive de m'engueuler avec lui. De lui poser des questions. Je suis comme une petite vieille, un petit vieux, alors que j'ai l'impression d'être encore jeune. Parler à ses morts, ce n'est pas sombrer dans la bigoterie, ce n'est même pas un fait religieux, c'est un mécanisme humain, sans doute universel, une manifestation d'amour, qui télescope la physique quantique.

73

À la fin de l'été, Cassie m'a envoyé un SMS.

L'endroit où nous voulions planter le figuier venait d'être squatté par une nouvelle tombe.

On aurait dû s'en douter. Les mètres carrés, dans le cimetière le plus célèbre de France, sont rares, convoités.

Quand j'ai reçu son message, je l'ai parcouru en diagonale parce que j'étais en train de lire un article sur Gabrielle Russier. Il y avait une série d'été dans *Le Monde* qui lui était consacrée.

Nous étions partis en vacances avec François et toute une bande d'amis. Chaque matin, je lisais à Anne-Sarah un nouvel épisode de ce feuilleton qui nous passionnait : l'histoire de cette prof de français tombée amoureuse d'un de ses élèves, qui s'est suicidée.

Dans la soirée, je suis retombé par hasard sur le texto de Cassie. Et j'ai lu un détail qui m'avait échappé : l'identité de notre voisine.

74

La tombe de Gisèle Halimi jouxtait la petite chapelle.

Cette actualité mondaine ne remettait pas en cause notre projet de planter un figuier. Il restait en effet un espace suffisant entre sa sépulture et celle de Benoît et d'Ella pour y insérer une graine. Mais le risque était évidemment plus important : au moment où certains évoquaient la panthéonisation de la célèbre avocate, notre méfait aurait pu se retrouver au centre de l'attention.

Si une racine du figuier transperçait le cercueil de Gisèle Halimi, nous serions tous les trois maudits pour le prochain millénaire.

75

Traditionnellement, le deuil est séquencé.

Ainsi, on distinguait le « grand deuil » (qui pouvait durer jusqu'à un mois au Moyen Âge, et qui sera beaucoup plus long dans les siècles suivants) ; le « demi-deuil », à mi-parcours. Puis la queue de la comète : la « messe du bout de l'an », qui venait acter la fin du processus.

À chaque période correspondait des codes vestimentaires (avec des variantes, selon la classe sociale, selon l'âge, selon la région ; à Toulouse, par exemple, on portait parfois des cornettes), et des règles de savoir-vivre (à Sparte, il fallait se déchirer le front à coups d'aiguille).

76

Lorsque Freud a écrit son article, il voulait démontrer que le deuil n'est pas une maladie, même si ses symptômes sont relativement proches de ceux de la dépression nerveuse (qu'il appelle « mélancolie »). Le deuil serait un processus naturel qu'il ne faut pas brusquer.

À son époque, on se méfiait de la mort. Il fallait qu'elle soit discrète. Les tentures noires qu'on accrochait aux portes des défunts se faisaient plus rares. On entrait dans un monde de vitesse, de progrès, d'espoir. Il fallait tourner la page. Regarder loin devant soi. Les pleurs devenaient suspects. Y compris le jour de l'enterrement.

Pour les obsèques de Dad (mon grand-père), Manou avait imposé une règle de conduite à leurs six filles : aucune ne devait verser une larme. C'était une affaire de dignité. Il suffisait d'absorber un Lexomil et le tour était joué.

Cela a laissé des traces.

Par la suite, pour chaque enterrement, j'entendrai maman et ses sœurs se refiler des petits cachets comme on distribue des bonbons.

77

Un samedi matin, les parents d'Ella et moi nous sommes retrouvés près du Père-Lachaise. Dans un sac, ils avaient apporté le matériel nécessaire.

Comme des petits délinquants, nous avons planté une pousse de figuier.

78

En devenant veuf, j'ai décidé d'abandonner le métier d'avocat. J'avais besoin de douceur. Je ne voulais plus être *contre* quelqu'un.

Paradoxalement, je n'y avais jamais pensé auparavant : quand on est avocat, on est *pour* quelqu'un. Et donc *contre* une personne qu'on ne connaît pas.

Je savais qu'il serait plus difficile de gagner ma vie si je décidais de quitter le barreau de Paris. Il faudrait probablement que je renonce à l'appartement de la rue Montorgueil.

Grâce à mon grand-père, à maman, à Benoît, j'étais propriétaire d'un deux-pièces rue Pelleport, dans le XXe arrondissement, qui venait de se libérer. Je pouvais donc y habiter sans payer de loyer. Mais cela avait un coût émotionnel ; il s'agissait de revenir en arrière, d'habiter dans l'appartement où nous avions passé notre première nuit en 2004. J'avais conscience que c'était un peu glauque. Et puis je n'étais pas sûr d'être prêt à réduire mon train de vie. De devoir faire attention, même un peu.

Je ne désirais pas ôter l'armure sociale qu'offre le barreau de Paris. Où qu'on aille, il suffit de dire : « Je suis avocat » pour qu'une certaine représentation de soi s'installe. Pour recevoir en intraveineuse une bouffée d'autosatisfaction.

Changer de milieu social (même en restant du côté des privilégiés), c'est ne plus fréquenter les mêmes restaurants, les mêmes lieux de vacances. C'est revenir en arrière, et de manière un peu mécanique, qu'on le veuille ou non, c'est modifier son cercle amical. Ce n'est ni bien ni mal. C'est une mue.

J'avais parfaitement conscience que cet appartement, où nous avions vécu pendant presque une décennie, constituait mon dernier socle. J'avais perdu ma mère, je ne parlais plus à mon père, Benoît était mort, le monde était en train de disparaître, un nouveau virus nous obligeait à changer nos vies, j'avais été viré de la présidence de la Société des gens de lettres ; tout se déchirait, y compris mon écriture ; je n'arrivais plus à terminer mes phrases. Mon esprit vagabondait. Et, au milieu de ces lambeaux, il y avait cet appartement de la rue Montorgueil, ce phare, ces habitudes que j'y avais prises.

François, le meilleur ami de Benoît, avait pris les choses en main sur un plan administratif. Il faisait pour moi des *to do list*, établissait des priorités. M'aidait lorsque je n'arrivais pas à remplir un papier, me déstressait face au site des impôts, de l'Urssaf, des caisses de retraite.

Il fallait avancer pas à pas. Respirer. Il anticipait les problèmes. Il estimait que, sans rentrée d'argent, sans indemnité de chômage, avec toutes mes charges (j'avais l'appartement de la rue Montorgueil, mais aussi un bureau d'avocat soumis à un long préavis), je pouvais rester dans ce logement jusqu'au mois d'octobre 2020 grâce aux économies de Benoît sans me mettre en danger. Ensuite, si je confirmais mon souhait de quitter le barreau de Paris, il deviendrait urgent de déménager.

À contrecœur, j'ai fini par accepter cette idée.

79

Avant de quitter notre appartement, il fallait que je fasse un tri. Que je me sépare de la plupart des meubles. Que je vide une partie de la cave. À l'intérieur, il y avait notamment le coffre rouge de Benoît avec toutes ses archives.

J'ai tout sorti. Il y avait beaucoup de documents administratifs. Beaucoup de lettres reçues dans les années 90. Des cartes postales. J'ai commencé à les classer. Il y en avait tellement. Je ne savais pas comment m'organiser.

Au bout d'une heure, j'ai trouvé une enveloppe en kraft sur laquelle une phrase avait été écrite par Benoît : « À donner après ma mort à Bertrand R. »

Il avait probablement rédigé cette lettre avant notre rencontre. À une époque où il était secrètement amoureux de Bertrand (un autre pianiste hétéro qu'il avait connu quand il bossait chez Universal). Il m'en avait un peu parlé. Cela faisait partie des rares confidences qu'il m'avait livrées. Je mourais d'envie d'ouvrir l'enveloppe. Je ne l'ai pas fait.

J'ai cherché le numéro de portable de ce garçon.

Je l'avais croisé trois ou quatre fois à l'occasion de concerts. Je n'avais jamais pris un verre ou dîné avec lui. J'étais celui qui accompagnait Benoît, en retrait, qui disait, avec une voix un peu bête : « J'ai beaucoup aimé, c'était très beau… » Ce genre de phrase de politesse qu'on prononce comme si on marchait sur des braises, avec l'envie de s'enfuir.

Il m'a répondu. Il était étonné de savoir que Benoît lui avait laissé une lettre. Il était ému aussi. Ils ne se voyaient plus beaucoup. Ils avaient été proches, professionnellement, quinze ans plus tôt. Benoît avait cru en lui. Et puis il l'avait un peu abandonné quand il était entré dans la « cour des grands ». Celle du Fnac Live sur le parvis de l'Hôtel de Ville, avec Catherine Ringer, Eddy de Pretto, Juliette Armanet. Il ne s'intéressait plus à ce musicien. Il ne cherchait plus à le mettre en avant. Néanmoins, il était le seul à qui il avait laissé une lettre post mortem.

Nous nous sommes donné rendez-vous dans un café de la rue Montorgueil. Nous étions en terrasse. Un peu timides. Je lui ai tendu l'enveloppe. On a un peu parlé de Benoît. Pas trop. On savait qu'il y avait dans cette lettre un mystère. On imaginait bien qu'il y avait une part secrète dans leur relation, au moins du côté de Benoît. Sinon, il n'aurait pas pris la peine, à l'âge de trente ans, de lui écrire une lettre à n'ouvrir qu'après sa mort.

Je savais que Benoît l'avait rencontré à l'occasion d'un concert dans une cave auquel il avait été convié. À l'époque, il vivait encore avec Ednane. Chaque soir, il allait de lieu en lieu pour découvrir de nouveaux talents. Et là, il était tombé amoureux fou de ce pianiste. C'était devenu une obsession. Il le suivait partout. Sur chacune de ses dates. Quel que soit le lieu.

Pour être davantage avec lui, il avait décidé de changer de vie. De quitter Universal. De se mettre à son compte. Il pourrait ainsi proposer au pianiste de devenir son manager. Il formerait un couple. Ils pourraient s'appeler tout le temps. Voyager ensemble. Partager des jours et des nuits. Des doutes et des succès. Jamais Benoît (qui n'assumait toujours pas son homosexualité) ne lui déclarera sa flamme. Sauf, probablement, dans cette lettre.

À cette terrasse de café, ce garçon m'a parlé de sa femme. De leur enfant. Il m'a invité à son prochain concert. Qui sera annulé peu de temps après, à cause du second confinement.

80

Je me souviens d'une amie, qui avait perdu son père ; elle m'avait posé une question qui ne m'avait jamais effleuré l'esprit : quelles sont les règles grammaticales que nous devons utiliser avec les morts ?

Par exemple, comment pouvait-elle parler de la ville de ses parents ? Devait-elle dire : « Ils habitent à R. » ou « Ils *habitaient* à R. » ? Devait-elle utiliser le présent ou le passé ? Quelle était la règle de conjugaison à adopter ? Le vivant l'emportait-il sur le mort ? Le masculin sur le féminin ? Ou le contraire ?

81

« **TARABISCOTÉ.** J'aime les mots dont le son indique le sens : baragouiner, ribambelle, tarabiscoté, murmure… ou plutôt dont la musique contribue à leur interprétation. »

82

La veille du second confinement, j'ai emménagé dans le petit appartement du XXe arrondissement dont j'étais propriétaire. En y pénétrant, j'ai senti une pointe de tristesse. Avais-je bien fait de revenir dans ce deux-pièces où Benoît habitait au début des années 2000 ?

J'essayais de me raconter des histoires. L'immeuble faisant un angle, il était possible de lui attribuer deux adresses ; je privilégiais celle qu'on n'avait jamais utilisée avec Benoît. De plus, la vue était différente de celle de l'époque : entre-temps, on avait fait construire le bâtiment des urgences de l'hôpital Tenon. Enfin, l'appartement se situait entre deux stations de métro (Gambetta et Porte de Bagnolet) : je décidai de n'utiliser que la seconde, alors qu'avec Benoît on avait toujours utilisé la première.

Ainsi, même si je revenais dans l'appartement où nous avions passé notre première nuit ensemble, j'avais l'impression d'emménager à une nouvelle adresse, avec une nouvelle vue, dans un nouveau quartier.

Et même si ce logement ne me plaisait pas autant que le précédent, même si ce quartier me semblait plutôt triste, même si j'avais l'impression d'avoir été déclassé, même si j'étais un peu à l'étroit, même si nous étions de nouveau confinés, je m'y sentais bien. Je réalisais que c'était la meilleure décision que j'avais prise depuis la mort de Benoît. Et pas simplement sur un plan financier. Je n'avais pas juste été raisonnable économiquement. Je m'étais aussi et surtout « mis en mouvement ». Et c'était ce dont j'avais besoin.

Si j'avais un seul conseil à donner à un veuf, ce serait celui-ci : il ne faut pas avoir peur de bouger. Au contraire. Cela ne fait pas disparaître les souvenirs. Cela permet simplement de les aérer.

(Playlist #3)

Qu'ils ont de la chance
de Disiz

1997

L'électrochoc

83

Un jour, Benoît a voulu me faire une surprise.

Il a récupéré le mot de passe de mon ordinateur et a adressé un e-mail type à tous mes contacts, personnels et professionnels (ce qui avait désagréablement surpris un de mes clients). Chacun était invité à écrire un texte, à envoyer un dessin ou à prendre une photo pour cocréer le livre de mes quarante ans. C'est à cette occasion qu'un ami d'ami a proposé de me prendre en photo. Parce qu'il est photographe, et qu'il avait lu un de mes livres, cela ne m'a pas paru étrange.

Mon amoureux nous a laissés tous les deux dans l'appartement de la rue Montorgueil.

Hervé a sorti son appareil. Je n'étais jamais très à l'aise devant un objectif. Je savais que mon sourire se transformait souvent en demi-grimace sur une pellicule. Il suffisait qu'on voie mes dents pour que ce soit raté. Il y avait comme un déséquilibre lorsque j'entrouvrais les lèvres, quelque chose qui ne passait pas.

Le photographe sentait probablement que j'étais un peu crispé. Que je n'arrivais pas à rester naturel. C'est la grande injustice devant les appareils photo. Pourquoi chez certains (dont moi) quelque chose se fige, malgré nous, sur notre corps, dans notre attitude, sur nos visages ?

Il faisait probablement chaud. Je portais un pull marin bleu. Il m'a suggéré de l'enlever. Ce n'était pas assez.

Ce photographe était extrêmement timide. Il n'y avait pas d'ambiguïté entre nous, je crois. J'aimais son travail. J'étais prêt à prendre des risques. À ne pas réfléchir. À suivre son désir. Il m'a avoué qu'il rêvait depuis toujours de faire du nu. Mais qu'il n'avait jamais osé. J'étais pudique. Je n'aimais pas mon corps. Mais j'aimais cette idée d'offrir une forme d'inspiration. Une histoire. Un bout de peau.

Je sais que le rôle de la muse n'est pas si simple. Car il s'agit avant tout d'un échange, d'un don de soi. C'est un exercice anti-narcissique. Cela peut paraître paradoxal. Mais je sais qu'un artiste ne cherche pas forcément à mettre en valeur son modèle : il peut préférer mettre en lumière une forme de fragilité. Accentuer des défauts.

J'étais prêt à tout cela.

J'ai d'abord enlevé mon tee-shirt. Je trouvais mon buste trop poilu. Mon ventre pas assez plat. Je me suis laissé faire. J'ai ôté par la suite le pantalon, mes chaussettes, mon boxer. Je n'avais jamais été nu devant un ami. Sauf vingt ans plus tôt pour Anne-Sarah, qui m'avait photographié avec un coussin sur le sexe. Je lui avais rendu la pareille. On hurlait de rire.

Là, l'enjeu était plus sérieux. Il s'agissait de révéler le talent d'Hervé. De l'aider à faire sa première photo de nu. J'avais l'impression qu'on tenait sur un fil. Nous étions deux funambules à une dizaine de mètres l'un de l'autre.

Peu à peu, la gêne s'est transformée en tension, non pas sexuelle mais artistique. Je ne cherchais plus à rentrer mon ventre. Je m'abandonnais devant Hervé dont j'entendais le cliquetis de l'appareil. J'étais comme hypnotisé par cette séance. Ce don contre-don.

Je me souviens qu'Hervé cherchait la meilleure lumière. Il avait suggéré qu'on pousse la table du salon. Il avait ouvert en grand les rideaux, m'avait proposé de m'allonger sur le parquet. Mes deux bras formaient un demi-cercle au-dessus de ma tête.

Je ne pensais plus à rien. Et c'est alors que nous avons entendu un bruit. Celui d'une clef qui tournait dans la serrure. C'était Benoît qui revenait. Il nous avait laissé suffisamment de temps.

De l'entrée, il ne pouvait pas nous voir, mais simplement nous entendre. « On a presque fini ! » ai-je crié. Je sentais la froideur du parquet sur mon dos. « Mathieu est nu ! » a précisé Hervé. Cette « blague » a fait rire Benoît qui a avancé de trois pas pour pénétrer dans le salon. Il a tourné sur sa gauche et m'a vu, nu comme un ver, allongé aux pieds du photographe.

Je n'ai pas eu le temps de le voir faire volte-face. J'ai entendu la porte de l'entrée claquer. Hervé a murmuré « merde ! », je me suis redressé. Que se passait-il ? « Je crois que Benoît l'a mal pris. » Je ne comprenais pas pourquoi. J'avais l'impression de sortir d'un rêve brumeux. J'ai immédiatement essayé d'appeler mon amoureux mais il ne répondait pas. Je me suis rhabillé. Hervé a pris congé et j'ai couru dans tout le quartier pour retrouver Benoît.

Quinze minutes plus tard, je l'ai trouvé à une terrasse de café, dépité, presque perdu. Je me suis assis en face de lui. Il tournait la tête pour que je ne sois pas dans son champ de vision. Il était mutique. J'ai insisté. Je bougeais ma chaise pour qu'il me regarde. Je le connaissais sur le bout des doigts. Il a fini par exploser. « Qu'est-ce que tu foutais, allongé dans le salon ?

– Je me faisais prendre en photo.

– Mais pourquoi à poil ?

– Parce que Hervé n'a jamais fait de nu et qu'il voulait tester. C'est important pour son travail de photographe. »

Benoît a levé les yeux au ciel. « Si on te dit qu'un truc c'est de l'art, tu acceptes sans réfléchir ?

– Ça dépend.

– Par exemple, si on te propose de tourner dans un porno en t'expliquant que c'est de l'art, tu dirais oui ?

– Peut-être. Si la démarche me touche, si je sens que c'est important pour l'autre…

– Arrête ! »

Benoît était hors de lui. Il montait sur ses grands chevaux. Mon attitude le laissait pantois. « Et tu étais obligé d'ouvrir les rideaux pour que tous les voisins te voient ?

– Ah mais ça, c'était pour la lumière… »

Benoît soufflait en m'écoutant. Et en même temps, je voyais bien qu'il commençait à se détendre. Parce que cet échange lui permettait d'extérioriser ce qu'il avait ressenti. Ce bouillonnement dans le ventre qui le faisait souffrir.

Jusqu'à sa mort, il a suspecté Hervé d'être ou d'avoir été mon amant, ce qui ne fut jamais le cas. Nous sommes juste devenus amis, complices, confidents.

Dans le livre de mes quarante ans, Benoît a glissé une de ces photos. Le cliché a été recadré pour cacher mon sexe. Elle est en noir et blanc, avec mon ventre un peu en avant.

J'avais été frappé par cette image. Car je ne me vois jamais nu, de profil. Je trouvais cette photographie précieuse : elle marquait une étape. Une nouvelle décennie.

84

Les règles du nouveau confinement étaient moins strictes qu'au printemps. En particulier, les cimetières restaient ouverts.

Le 1er novembre 2020, le crématorium a organisé une cérémonie pour les familles des défunts. Je n'avais jamais participé à un recueillement collectif. J'y étais venu seul. C'était un moment presque égoïste. Pour moi.

On était une cinquantaine à avoir répondu présent. En raison de la crise sanitaire, nous étions séparés les uns des autres par une chaise. On ne pouvait pas se toucher ou se réconforter. Un maître de cérémonie disait des généralités qui nous touchaient droit au cœur. Il ne parlait pas du disparu, mais du deuil. Des musiques rythmaient cet événement. L'acoustique n'était pas bonne. Mais la charge émotionnelle était suffisante pour qu'on puisse pleurer. Sans avoir honte de notre morve. De nos râles. De nos cris à peine étouffés. Nous étions entre nous. Nos proches ne nous scrutaient pas. Nous n'avions pas besoin d'être dignes ou de les rassurer. On savait tous pourquoi on était là.

Je n'avais jamais vu autant de mouchoirs. Entendu autant de bruits de nez. Nous étions sonores, présents. Ensemble, et chacun dans sa solitude.

En sortant, on nous avait invités à nous recueillir devant d'immenses bâches installées sous l'une des ailes du columbarium. Les noms des disparus, depuis un an, y étaient inscrits par ordre alphabétique.

De nouveau, le souvenir des résultats du bac m'est revenu en mémoire. À la différence qu'ici, je connaissais l'issue. Je marchais doucement. Je voulais retarder le moment où je verrais son nom.

Devant nous, il y avait cinq ou six bâches de trois mètres de hauteur. Les premiers endeuillés s'en approchaient et cherchaient leurs morts. Je ne voulais pas arriver parmi les tout premiers. Cela me faisait l'effet d'un buffet dans un restaurant. Il me semblait inconvenant de se jeter dessus.

J'avais gardé en mémoire le mépris de ma mère lors du mariage d'une de ses sœurs au George-V, un grand hôtel parisien. La belle-famille s'était ruée sur le caviar. C'était les années 80. Je n'en avais jamais mangé. Cela ne me tentait pas du tout. Maman les avait fusillés du regard.

Je me félicitais d'être venu seul à cette cérémonie mortuaire. Cela me permettait d'avancer à mon rythme, exactement comme dans un musée, où je préférais généralement ne pas être accompagné. Je pouvais ainsi parcourir les salles rapidement, picorer quelques œuvres qui accrochaient mon regard, comme si je visitais une demeure. Je détestais me recueillir religieusement devant chaque tableau, plisser les yeux devant des cartels de moins en moins lisibles à mesure que je vieillissais. J'aimais naviguer à une vitesse que je définissais seul, qui pouvait connaître des modulations, pour conserver un état presque hypnotique devant la beauté. Une forme de somnambulisme.

J'étais exactement dans cet état. Toute personne qui m'aurait accompagné aurait rendu cette expérience « sociale ». Artificielle. Seul, elle devenait mystique. Et peu à peu une image s'est imposée à moi, de plus en plus forte. Comme un coup de poignard qui me mettait en joie. Et si toute cette farce au Père-Lachaise était une mascarade ? Et si je m'étais trompé ?

S'il était encore vivant ? Ou s'ils avaient, tout simplement, oublié d'inscrire son nom ? Ce serait un pied de nez à la mort. Une manière de le faire revivre symboliquement, pour quelques minutes.

Mes pas étaient de plus en plus lents. Je faisais presque du surplace. L'absence de suspens venait de s'inverser. J'avais un espoir : celui de ne pas voir son nom. Si oui, j'aurais presque pu le retrouver en sortant du Père-Lachaise.

Régulièrement, je pensais à ces retrouvailles. J'avais eu les mêmes hallucinations conscientes avec maman. Je savais qu'ils étaient morts mais je m'abandonnais à ce plaisir coupable : imaginer les revoir. Et cela me procurait un plaisir masochiste. Ou plus exactement le plaisir d'un bouton qu'on gratte. On n'accomplit jamais ce geste pour souffrir. Dans un premier temps, on ressent un plaisir pulsionnel. Dans un second temps (qu'on anticipe pourtant dès le début), on éprouve une souffrance légèrement accrue. Ce n'était pas un plaisir masochiste, mais un plaisir dont il faudrait payer le prix fort.

Oui, si Benoît n'apparaissait pas sur la liste, ce serait un petit miracle. Un grain de sable dans le deuil qui me ravirait. Une erreur de transmission (ou d'impression) était évidemment improbable. Mais pas impossible. Et si j'obtenais cette première victoire, si son nom avait été effacé de la mort, je pourrais espérer obtenir davantage.

Je flottais entre deux mondes. Je ne m'étais pas senti aussi léger depuis des mois. Je me concentrais sur mes pieds. J'avais peur que quelqu'un me parle. Autant j'avais cherché du regard les autres endeuillés pendant la cérémonie, du début jusqu'à la fin (en montant les marches qui conduisaient à la salle majestueuse de la coupole, pendant que nous nous mouchions tous en chœur lorsqu'on avait quitté les lieux, les yeux rougis et l'air groggy), autant là, je ne voulais surtout pas que quelqu'un me sorte de ma torpeur.

J'étais posté devant la première bâche. Celle des « A » et des « B ». Je cherchais le nom de Benoît Brayer. Il n'y avait personne autour de moi. J'avais attendu qu'un père et sa fille quittent cet emplacement en larmes pour avancer d'un pas. J'avais l'impression qu'un halo s'était formé autour de moi. Qu'il empêchait quiconque de m'approcher. Je ne voyais plus rien d'autre que cette liste de noms.

Je connaissais mon alphabet sur le bout des doigts. J'égrenais la deuxième lettre de son nom de famille, le « R », en prenant mon temps. Je ne cherchais pas à jouer au bon élève qui a appris ses vingt-six lettres, qui peut les faire défiler à toute vitesse en les lisant en diagonale. Non. Il fallait s'arrêter sur chacune d'entre elles. Respectueusement. Avec cet espoir croissant que son nom n'apparaîtrait pas, que j'allais me réveiller d'un cauchemar planétaire, ou après une perte de mémoire.

Je m'accrochais aux lettres microscopiques de cette liste. Tout était devenu une question administrative : Benoît ne devait pas être sur la liste des disparus. Qu'importe la raison. Je retenais ma respiration. Mon cœur allait exploser : a. b. c.   d. e. f.   g. h. i.   j. k. l.   m. n. o.   p. q. r.

Ça y est : j'étais aux « BR ».

« Benoît Brayer ». Il était là, sagement rangé entre deux autres noms. J'ai fondu en larmes. Comme si on venait de m'annoncer son décès. Je n'y croyais pas. Pas lui. J'ai reculé d'un pas. Je voulais me diriger vers les « S » pour vérifier si mon nom y figurait également.

Un couple me regardait avec compassion. Ils avaient dû m'entendre éclater en sanglots. J'avais honte. Je ne voulais pas qu'ils me parlent. J'étais en pleine séance de spiritisme. De micro-folie. D'auto-hypnose. Je voulais disparaître. Être transparent.

Je ne sais plus si je portais ou non mes lunettes, probablement que non : j'avais dû les retirer pour scruter la liste des disparus.

Je suis myope. À deux mètres, tous les visages autour de moi sont flous. Je ne distinguais pas les traits du couple. Il ne fallait pas qu'il s'approche de moi. Je venais d'apprendre, pour la quatrième fois, que Benoît était mort. Je ne voulais pas me soumettre à la moindre convention sociale, devoir répondre à un « Bonjour », à un « Ça va ? », à un « Courage ! » Je voulais pleurer jusqu'à vider mon corps. Ma solitude était mon bien le plus précieux.

Le couple était désormais à quelques centimètres de moi.

J'ai reconnu le visage de Cassie et celui de son mari. Je n'avais pas développé la même intimité avec lui, malgré notre escapade du figuier. Nous restions deux branches rapportées dans la famille du deuil. Avec Cassie, au contraire, je retrouvais une âme jumelle.

Je l'ai prise dans mes bras, sans rien dire. Elle était comme ma mère. Comme ma fille. Comme ma sœur. Nous étions seuls au monde et pleurer dans ses bras était la seule émotion que mon corps pouvait supporter.

85

« **GRAND HUIT.** L'arrivée des forains au village marquait l'un des moments les plus exaltants de mes années d'enfance. J'en rêvais la nuit. Je rêvais qu'ils m'emmenaient. Au réveil, je retrouvais ennui et solitude. »

86

Depuis la mort de Benoît, j'ai accès à tout son héritage, notamment son ordinateur et son téléphone portable. Régulièrement, je fais défiler les images, conservées par milliers. Je les consulte de manière aléatoire. Je butine. Les e-mails, je n'y touche pas (je consulte simplement ceux qui sont arrivés depuis son décès – essentiellement des pubs et des notifications sur les réseaux sociaux. En écrivant cette phrase, je prends conscience que je n'ai jamais annoncé sa mort sur LinkedIn. Il faudrait peut-être que j'actualise son profil professionnel).

Gérer les réseaux sociaux d'un mort est un exercice délicat. Il faut tâtonner. Essayer de rester fidèle à ce qu'on est et aux souhaits de l'autre. Il y a nécessairement une part de trahison.

Une nuit, j'ai fouillé dans son ordinateur. Sur son disque externe plus précisément. J'étais stupéfait de pénétrer dans son intimité. J'avais l'impression d'ouvrir son corps. De lui faire du mal. Je n'osais toucher à rien. J'effleurais les fichiers. Je lisais les titres. Je les survolais. En zigzag. Sans pleurer. Mon corps était anesthésié.

Je me suis arrêté sur un fichier. Le seul qui m'intéressait vraiment : son journal. Il était verrouillé par un mot de passe. Avais-je le droit de le craquer ?

J'ai transféré le fichier à un informaticien qui m'avait été recommandé. Quelques heures plus tard, il m'a envoyé ce message : « Le mot de passe c'est *neuneu.* »

J'étais intimidé. J'ai attendu quelques jours avant de retourner sur l'ordinateur de Benoît. J'ai tapé les six lettres. Un document Word de quarante pages est apparu sur l'écran. J'ai retenu ma respiration.

« Je ne sais pas par où commencer. C'est bien le problème. Me voilà victime de trop d'ambition. À nouveau. J'aimerais tout raconter. Tout. Mais il faudra choisir. Difficile question du choix.

J'ai décidé de suivre le conseil de Mathieu. Commencer. Commencer par quelque chose. Commencer par n'importe quoi. Comme pour démêler la pelote de souvenirs et d'idées qui s'enchevêtrent dans mon cerveau.

Nous sommes dimanche. Dimanche 27 février 2005. Je me suis levé du pied gauche. J'ignore pourquoi. Il n'y a pourtant aucune raison à cela a priori. Je suis à Cannes, avec Mathieu. Nous séjournons pour le week-end chez Manou, sa grand-mère. Et malgré le bonheur de partager un moment privilégié avec celui qui occupe ma vie depuis deux mois désormais, je ne peux empêcher mes fantômes récurrents de m'envahir.

Il y a tant à écrire. Sur Mathieu. Sur moi. Sur tout ce qui fait qui je suis. J'ai décidé, il y a deux jours, d'entamer un travail de thérapie pour tenter de m'en sortir. Pour tenter ma chance. Pour survivre. Je suis poursuivi par un crabe qui aimerait me ratatiner, mais pour le moment je vais plus vite que lui. Course contre la montre absurde. Pour le moment, j'ai gagné chaque partie. Mais le match n'est pas terminé. Et les règles du jeu sont biaisées. Alors je vais tricher un peu. Et modifier les règles à ma façon.

Il me faudra du temps. C'est certain. Perdre du temps pour en gagner. C'est tout moi.

Je sens déjà l'effet de ce travail d'écriture. Comme c'est curieux. J'ai l'impression d'avoir commencé à tirer sur un des fils de la pelote. Le reste suivra. Je l'espère. J'en suis sûr. Il me faudra juste conserver cette volonté d'écrire et de tirer les choses au clair. Je ne manque pas de volonté. C'est une de mes qualités.

Mathieu est à côté de moi, allongé sur le lit, son éternel cahier à noircir sous la main. Au début, lorsqu'il m'a incité à écrire, je trouvais l'idée un peu saugrenue. Je ne voulais pas tomber dans le transfert, dans le mime, la parodie. Mais je sais bien que cette envie d'écrire, de me raconter, me poursuit depuis longtemps. Combien de fois en ai-je caressé l'idée ? Combien de fois ai-je dit que j'allais commencer ? La rencontre de Mathieu est comme un signe, un petit clin d'œil de l'existence pour me pousser à passer à l'acte. Peut-être.

Nous partageons ce moment en silence. Lui sur le lit. Moi sur le fauteuil face à la baie de Cannes que nous ne regardons même pas, perdus que nous sommes dans l'égocentrisme de nos activités d'écriture. Je trouve cela plutôt agréable. J'avoue que je trouve cela original, je n'avais jamais imaginé la notion de partage de la sorte. Mais Mathieu a une fâcheuse tendance à chambouler toutes mes conceptions primaires. À me contraindre à évoluer. Changer. Comprendre. Bousculer mes repères. J'aime ça. Même si j'en souffre parfois. Il y a façon de vivre plus reposante, mais elle est probablement d'un ennui mortel. J'en suis convaincu. Et je ne suis pas pressé de goûter au rythme épuisant de la mort. »

87

Un mois après avoir écrit ce texte, Benoît est entré à l'hôpital Gustave-Roussy pour une troisième greffe.

Cette fois, le chirurgien a prélevé un échantillon de peau sur le « raphé médian du scrotum ».

Deux ans plus tard, il subira une quatrième greffe ; dans la foulée, il repassera sur le billard. Il sera hospitalisé une semaine pour une « urétroplastie ». Il semble qu'on lui ait reconstruit une partie de son urètre avec la peau de ses testicules.

À sa sortie, il apprend que sa mutuelle ne prend pas en charge son hospitalisation : d'un point de vue juridique, sa reconstruction plastique du sexe relèverait davantage de la chirurgie esthétique que d'un réel besoin médical.

88

« **CONTORSIONNISTE.** J'aime la malice de la langue française avec les mots, en particulier les substantifs : le frisson de frémir, le plaisir de plaire, la prise de prendre. »

89

Le cancer de Benoît était sous cloche.

Tant que le mélanome restait au niveau de la muqueuse, qu'il ne pénétrait pas dans la peau, qu'il ne se propageait pas dans le reste du corps, le mal était relativement circonscrit. Il n'avait pas besoin de faire de chimio ou de radiothérapie. C'était presque un faux cancer, indolore (sauf pendant les périodes d'opération et de post-opération).

En réalité, c'était une douleur permanente, mais dont je n'avais pas totalement conscience. À chaque opération, sa bite se transformait, ce qui le complexait de plus en plus, et surtout (ça, Benoît a mis des années à m'en parler) les cellules de la greffe étaient vivantes. Elles continuaient de se développer. Elles formaient des micro-lianes, comme des fils de chewing-gum au niveau de l'urètre ; cela pouvait être dangereux. Il y avait toujours ce risque que le canal soit obstrué. Alors régulièrement, Benoît devait prendre une tige, se l'introduire dans l'urètre, casser les fils qui se formaient ; cela provoquait des saignements.

Je n'ai jamais assisté à une de ces scènes. Il s'énervait parfois ; il me demandait de le laisser tranquille, de me lever du lit, de cesser d'écrire ou de bouquiner à côté de lui. Il avait besoin de son intimité. Au début, je ne comprenais pas de quoi il me parlait.

Je n'ai jamais fouillé dans ses affaires. Jamais ouvert le tiroir de sa table de nuit. Si je l'avais fait, j'aurais vu les boîtes médicales contenant de grandes tiges à introduire dans son urètre blessé.

90

Les années suivantes ont été plutôt calmes : les examens de contrôle de Benoît n'étaient pas alarmants.

En 2011, il est devenu chroniqueur dans une émission sur France Inter : « Chantons sous la nuit ». On disait qu'il avait une belle voix. Chaque semaine, il faisait découvrir aux auditeurs un nouvel artiste. Il a été l'un des premiers à chroniquer Redcar. Cet artiste peaufinait alors son premier album, *Chaleur humaine*, qui deviendra un succès planétaire.

91

« **LUMIÈRE.** À Noël 1980, nous nous sommes rendus en famille au Châtelet assister à une représentation de *La Vie parisienne* dans laquelle ma tante chantait. Je n'avais pas huit ans, mais je me souviens de chaque instant comme d'un choc. La ville, la scène, le théâtre, le spectacle, les chanteurs, l'orchestre, tout me fascinait. Je voulais vivre ça tout le temps. »

92

Depuis des années, Benoît avait une verrue à l'index; il n'arrivait pas à s'en défaire.

Son dermato tentera plusieurs techniques: elles échoueront toutes. À la fin, il dira à Benoît: « À part vous conseiller d'aller voir un psy, je ne peux rien pour vous. »

Quelques jours plus tard, sa verrue a définitivement disparu.

93

Benoît avait un problème avec les psys.

Il venait d'un milieu où se livrer n'allait pas de soi. Il a furtivement changé d'avis après notre rencontre. Il était conscient qu'il devait mettre toutes les armes de son côté pour lutter contre son cancer. Et il était suffisamment intelligent pour savoir que la dimension psychologique ne pouvait pas être écartée d'un simple geste de la main.

C'est un de ses amis qui l'a convaincu de franchir le pas : il lui a conseillé un thérapeute en qui il avait toute confiance.

Le rendez-vous a été fixé en banlieue. La salle d'attente était dans une cage d'escalier. Lorsque le psy a ouvert la porte, Benoît a été étonné : l'homme portait des chaussettes Titi et Grosminet.

Il lui a demandé d'enlever ses chaussures. « Tu peux les laisser dans l'entrée. » Il avait le tutoiement facile et cela ne rassurait pas Benoît. Ils sont entrés dans une pièce où il n'y avait aucun livre. C'était le détail de trop. Benoît ne lui accordait plus aucun crédit. Il s'est quand même assis en face de lui. « Alors, tu viens me voir pour quoi ? » Benoît était désarçonné.

Il s'est livré du bout des lèvres. L'homme hochait la tête ; il semblait sûr de lui : « Il faut que tu te reconnectes au fœtus que tu as été. Pour cela, il y a une technique très efficace. La prochaine fois que tu viendras me voir, je te plongerai dans de l'eau glacée. Tu auras tellement froid que tu entreras dans un autre état de conscience. Cela te fera le plus grand bien. »

Benoît n'y est jamais retourné.

Pour lui, il n'y avait plus aucun débat : les psys n'étaient pas faits pour lui.

94

J'ai rêvé qu'il y avait une fuite dans la cuisine. Ça faisait un petit jet d'eau au niveau de l'évier. Je ne savais pas comment gérer ce problème. Je me retrouvais ensuite dans la salle de bains où il y avait aussi une fuite. Benoît était allongé dans la baignoire (c'était la première fois que je le voyais, que je lui parlais, que je le touchais depuis qu'il était mort). Il y avait de l'eau à ras bord. D'habitude il ne prenait jamais de bain car il était trop grand. Son visage prenait l'eau. Il allait se noyer. Il était en train de s'endormir mais il n'était pas paniqué. Je voyais des petites bulles au niveau de sa bouche. Je sortais sa tête de l'eau. J'essayais de trouver une solution. Je collais mon visage contre le sien. Je lui caressais la joue. Je l'embrassais. Il me disait, dépité : « J'ai un peu froid ce matin. Je sais ce que ça veut dire. Le cancer est revenu. Ce n'est pas grave. On a déjà vécu ça : on fera face. »

95

En 2014, Benoît a subi une cinquième greffe.

Je n'en ai gardé aucun souvenir. Ai-je perdu la mémoire ? Ou Benoît avait-il décidé de ne pas m'en parler pour ne pas m'inquiéter ? Ou, pire : en avait-il marre de notre couple ?

Selon son dossier médical, cette nouvelle greffe a été pratiquée à partir de sa muqueuse buccale. C'est tout son corps, peu à peu, qui s'agglomérait sur son sexe.

96

Selon son ex, il y avait effectivement de l'eau dans le gaz dans notre couple à cette époque. Benoît lui aurait dit qu'on ne pouvait pas revenir en arrière.

J'ai l'impression d'être passé à côté de cette crise. Je ne me rappelle rien. Sauf une dispute, relativement anecdotique.

À l'automne 2014, une journaliste du *Monde* avait proposé de rédiger mon portrait pour relater un projet que je menais dans les hôpitaux: j'invitais des centaines de patients à raconter leur adolescence sur des carnets.

Je connaissais un photographe, Stéphane Lavoué, qui collaborait avec ce quotidien et dont j'admirais le travail. J'ai suggéré que ce soit lui qui me prenne en photo. Ma requête a été acceptée.

Le photographe est venu chez nous, rue Montorgueil. Benoît était absent: je ne voulais pas qu'il soit dans nos pattes.

J'avais insisté pour que cet artiste ait carte blanche. Je trouvais relativement tristes les photos d'écrivains: elles se ressemblaient toutes.

Stéphane m'avait proposé de rassembler un maximum de carnets avant cette séance photo.

De mémoire, il ne s'agissait pas de ceux des patients mais des miens. J'en avais de toutes les tailles, de toutes les couleurs. Son idée était simple: me photographier dans une baignoire remplie de carnets. Je n'aurais pas à me déshabiller entièrement. Simplement à être torse nu. Pour donner l'illusion que je baignais dans ces carnets.

C'est ce qu'on a fait.

Stéphane était accroupi sur le rebord de la baignoire et il me mitraillait avec son appareil. J'essayais de rester concentré. De ne penser à rien. De rêvasser comme si j'étais réellement dans un bain en train de me prélasser. La posture était assez inconfortable. Autant pour Stéphane que pour moi. On devait se contorsionner. Cette séance a duré relativement longtemps. Peut-être quarante minutes. En *backup*, il avait pris quelques portraits de moi, plus classiques. Son style était facilement reconnaissable. On aurait dit des peintures avec un jeu d'ombres.

L'article devait paraître la semaine suivante.

Le soir, quand Benoît est revenu d'un concert, j'étais en train de bouquiner dans le lit. Il m'a rejoint avec un petit sourire : « Tu as pris une douche dans la journée ? » Je sentais une pointe de jalousie, comme s'il me suspectait de m'être lavé après avoir couché avec un garçon en cachette. « Non.

– Mais alors pourquoi le rideau de la salle de bains n'est pas tiré ? »

Jusqu'à ce jour, je n'avais jamais remarqué qu'après sa douche et la mienne, il le dépliait pour être certain que le plastique ne moisisse pas. Après la séance photo, je n'avais effectivement pas accompli ce geste réflexe de Benoît. C'est ainsi qu'il avait pu remarquer mon passage dans la baignoire un peu plus tôt.

Je lui ai alors raconté la séance photo avec Stéphane, son idée de me plonger dans un bain de carnets. Benoît a vu rouge. J'ai cru qu'il allait s'étrangler : « Tu es obligé de te mettre à poil dès qu'un photographe entre dans cet appartement ? »

« Mais je n'étais pas tout nu : j'avais juste enlevé mon tee-shirt.

– Tu veux dire que les lecteurs du *Monde* vont te découvrir avec tes poils qui dépassent au milieu de carnets écrits par des patients dont certains sont décédés ?

– Non. Ne t'inquiète pas. Ce sont mes carnets.

– Mais c'est ce que va suggérer la photo ! On va avoir l'impression que tu te masturbes au milieu de carnets d'hommes et de femmes en fin de vie.

– Mais non… Tu dramatises tout.

– Appelle Stéphane Lavoué immédiatement. Tu lui dis qu'il a interdiction de publier cette photo. »

Il venait de franchir une ligne rouge. Celle de la liberté de création. Chacun a ses limites. On ne sait pas pourquoi celle-ci compte plutôt qu'une autre. « Ah non, je ne vais rien lui demander. J'adore son travail. Je lui ai donné carte blanche. C'est moi qui suis venu le chercher. Ce n'est pas pour jouer après coup l'inspecteur des travaux finis, pour me transformer en flic de l'esthétique.

– Tu es complètement zinzin ! » Benoît était ivre de rage. C'était une colère intérieure : « Mais tu sais ce que ça représente, un portrait dans *Le Monde* ? C'est une étape importante de ta carrière. Tu vas tout gâcher pour une photo. Elle te suivra toute ta vie. Tu seras le mec qui se met à poil dans les écrits des autres. Qui n'a aucun respect pour les morts. »

Son raisonnement me rendait dingue. Jamais on n'avait eu une dispute de fond. Cela faisait dix ans, presque jour pour jour, qu'on se connaissait. « Demande au moins à voir la photo avant sa publication !

– Mais il en est hors de question.

– Je crois qu'on va devoir mettre un terme à notre histoire. Mon boulot, c'est d'accompagner des artistes. Et heureusement que je ne suis pas ton manager. Mais là, voir comment tu saccages ton image pour un caprice, ça me met hors de moi. Je crois qu'on est sur deux planètes qui s'éloignent. »

Je n'avais pas du tout envie qu'on se quitte. Je ne comprenais pas comment cette photo pour un quotidien, fût-ce pour *Le Monde*, mettait notre couple en péril. Mais je ne voulais pas pour autant céder d'un pouce. Cet enjeu de la liberté de création était ancré dans ma personnalité. C'était une valeur qui me définissait en partie. Je ne pouvais pas devenir un autre pour rester avec un homme qui ne me comprenait pas.

Benoît me fusillait du regard.

On s'observait en chiens de faïence.

97

« **REMINGTON.** Les après-midi interminables étaient ponctuées du cliquetis lancinant de la machine à écrire placée sur la table de la cuisine et sur laquelle ma mère transcrivait les manuscrits d'un journaliste de bricolage pour arrondir ses fins de mois. »

98

Un jour, Benoît a reçu un e-mail d'une aide-soignante : « Je souhaiterais vous revoir en dehors du cadre de l'hôpital. Si vous ne répondez pas, je comprendrai. »

Le lendemain, elle lui a adressé un nouveau message : « Je ne voulais pas vous importuner. Je souhaitais juste que l'on se rencontre, mais effectivement, je ne connais rien de votre vie. [...] Comme je vous l'ai dit, je comprendrai si vous ne donnez pas suite. »

Deux minutes plus tard, Benoît lui a écrit : « Vous faites ça souvent ? »

« Non, absolument pas. Mais la dernière fois que vous êtes venu, j'étais plutôt gênée. Je m'étais *préparée* à vous voir. Mais il pleuvait très fort, vous étiez trempé. Et je n'ai pas osé vous parler. Près de six mois plus tard, je me décide enfin et évidemment, ce n'est pas facile. Est-ce que cela vous surprend ? Vous choque ? »

« Je ne suis pas choqué, je suis même flatté, pour tout vous dire. Et j'imagine que vous avez dû affronter pas mal d'hésitations avant de me contacter, je mesure donc la difficulté de votre geste. Malheureusement je ne suis pas disponible pour une rencontre telle que je la perçois dans votre demande. À moins qu'il s'agisse d'un malentendu de ma part et que votre requête soit d'une autre nature. »

99

Après cet échange, cette aide-soignante quittera son poste. Elle changera de secteur professionnel et déménagera dans une autre région.

Peu de temps après, Benoît crachera du sang dans la salle de bains. Pour la première fois depuis vingt ans, son mélanome venait de métastaser.

C'est comme si cette femme l'avait protégé pendant des années. Tant qu'elle veillait sur lui, rien ne pouvait lui arriver. Sans elle, plus rien ne serait comme avant.

100

« **LE PARADOXE.** L'expérience du cancer est une expérience étrange, intense, complète. Elle nous transforme physiquement, posant irrémédiablement les stigmates de son passage à bord. Elle impose son horloge, prend le contrôle d'un horizon temporel désormais impalpable. Elle rend la vie plus urgente, plus intense, renforce des liens, chasse le superficiel. Elle est détestable autant qu'elle est riche. »

101

Un chirurgien italien a retranché quelques grammes du poumon gauche de Benoît.

Je me souviens d'être allé le voir à l'hôpital, le jour de son opération. Il était encore en salle de réveil.

Quand il est remonté dans sa chambre, il ne m'a pas vu. J'étais dans un couloir. Je le distinguais de loin, peut-être à travers une vitre. Il se tordait de douleur.

À un moment, sa tête a pivoté et il m'a aperçu. Il a fait un mouvement du bras pour que je déguerpisse. J'assistais à ce qu'il y avait de plus intime chez lui. Un niveau de douleur qu'il ne réussissait pas à maîtriser. Il était à vif. À la merci du monde. Et j'en étais le spectateur.

J'étais en larmes. Je voyais bien que ma présence ne le réconfortait pas. Au contraire. J'apportais de l'humiliation à sa douleur. J'étais le boulet qui souffle sur sa plaie avec un sourire d'enfant.

102

Benoît avait été opéré à temps : son poumon était guéri.

Ce n'est pas de cet organe qu'il allait mourir, mais d'une autre cause, que je ne connaissais pas encore.

Sa maladie devenait un instrument de torture. Avec ses moments de répit. De surprise. De sadisme délicat.

103

Dans un livre du XIXe siècle, je lis qu'en Chine, les endeuillés ne pouvaient écrire qu'à l'encre bleue.

104

Le 15 décembre 2020, le second confinement a été remplacé par un couvre-feu.

Une fois par semaine, j'allais dîner chez François dans sa maison d'Ivry. Avec Béa, sa femme. C'était devenu ma seconde maison. Celle du deuil. On était bousculés dans nos gestes. Avions-nous le droit de nous embrasser ? François me prenait dans ses bras. Il s'en foutait, des risques. Béa l'engueulait. Puis elle changera d'avis. Elle me faisait des baisers dans le cou. J'aimais bien me retrouver chez eux.

François prenait soin de moi. Il gérait tous les papiers de la succession. Il remplaçait Benoît, d'une certaine manière. Il savait gérer mes angoisses. Béa m'apportait de la douceur. Des câlins.

Je dormais dans une chambre à l'étage. Celle de la tortue, qui appartenait à une de leurs filles. Il y avait du foin pour la nourrir. L'odeur me donnait parfois la nausée.

Je me souviens d'une nuit où je m'étais réveillé à 4 heures du matin. Bravant le couvre-feu, j'avais appelé un taxi. J'avais peur de vomir. J'avais besoin de revenir chez moi. Sur la route, je me concentrais pour ne pas gerber sur la banquette. Que se serait-il passé si j'avais échoué ? Le chauffeur m'aurait-il abandonné sur le bord du chemin ? Je suis monté jusqu'à mon appartement. Ai ouvert la porte des toilettes, me suis mis à genoux et ai vomi.

C'était la première fois depuis la mort de Benoît.

105

Parfois je me concentre sur un détail de son dossier médical. Par exemple, son poids.

Benoît avait toujours été très discret sur cette information. C'était même devenu une blague entre nous. « Combien tu pèses ?

– Je ne te le dirai jamais.

– Et quel poids tu aimerais faire ?

– C'est top secret. »

Sur un compte rendu de 2005, je découvre son poids de forme : quatre-vingt-neuf kilos. Est-ce le trahir que de publier cette information ?

À cette époque, Benoît pesait huit kilos de plus ; il avait décidé de se prendre en main, d'être accompagné par un diététicien.

Sur des tableaux, je découvre tout ce qu'il mangeait, matin, midi et soir. Tous ses excès.

Le samedi 17 septembre, à 16 heures précises, il mange une pomme, un yaourt 0 %, deux Krisprolls, deux kiwis et boit un verre de lait.

J'ai l'impression de tomber sur une caméra cachée dans la cuisine, qui me permettrait de rembobiner des rushs de sa vie.

Chaque fois qu'il boit un verre de vin, le spécialiste entoure cette information en rouge. Parfois, Benoît refuse de se plier à l'exercice. Il se contente d'écrire « Fête… grosse entorse ». On ne saura jamais exactement ce qu'il a bu ni en quelle quantité.

Le mercredi 28 septembre, il mange du porc au miel et boit du champagne. Avec qui ?

La dernière information qu'il a reportée sur ces tableaux date du dimanche 2 octobre au soir. Après avoir mangé une salade de poivrons et de tomates, il a fait chauffer au micro-ondes un couscous avec une merguez. Le dernier mot, inscrit à la main (je reconnais son écriture), comporte six lettres : « Yaourt ».

106

« **ARMAGNAC.** Mon carnet de santé est muni d'une couverture vert pâle. À l'intérieur, autour des pages dédiées aux mesures et bilans médicaux, figuraient des illustrations à la Savignac invitant les parents à ne pas remplir d'alcool le biberon des enfants. »

107

Un compte rendu, rédigé en 2018, indique qu'il souffre d'un déficit auditif.

Les oreilles étaient son instrument de travail. Les avait-il abîmées en assistant à des concerts de façon intensive ?

Le même jour, un scanner identifie une lésion lacunaire au niveau d'une vertèbre, la troisième en partant du bas. Le diagnostic n'est pas alarmant. Il faut simplement « surveiller » cette zone.

Depuis son cancer des poumons, Benoît est habitué à laisser d'autres scruter son corps, à noter les moindres atypies. Toutes ne sont pas dangereuses, heureusement. Par exemple, à la suite d'un bilan cérébral, un scanner a relevé une « petite lacune osseuse ». Une IRM, réalisée dans la foulée, indiquera que cette anomalie ne comporte aucune lésion suspecte, aucune tumeur.

108

Un mois après son bilan auditif, le vide de la vertèbre fait l'objet d'une nouvelle inspection. Sa progression est inquiétante.

Pour simplifer, c'est le contraire d'une masse. Comme du néant qui se propagerait dans la matière jusqu'à faire éclater les os. Les médecins se veulent néanmoins rassurants ; cette nouvelle métastase a été identifiée à temps. Si besoin, des solutions thérapeutiques existent.

Pour l'instant il est décidé de ne pas opérer Benoît : il ne souffre pas encore.

En l'état, je n'arrive pas à savoir si cette tumeur aurait pu se stabiliser. Ou si, déjà à cette époque, les médecins savaient que le cancer avait gagné. Qu'il allait se propager partout. Et qu'il ne servait à rien (sauf pour réduire d'éventuelles souffrances) d'intervenir.

Chaque page du dossier médical recèle un mystère, parce que, bien sûr, je n'ai aucune compétence en la matière. Comme la plupart des patients et de leur famille. Peu à peu, je me demande s'il ne faudrait pas travailler avec des journalistes, des grammairiens, des psychologues, pour réfléchir au statut de ces comptes rendus, en fonction des lecteurs.

Ils sont bien sûr destinés à circuler entre des spécialistes. Mais ils ne sont pas les seuls. Il y a aussi des patients qui les consultent. Des familles. Des chercheurs. Des écrivains.

Serait-il souhaitable que les résultats soient plus compréhensibles ? Cela pourrait-il générer une angoisse inutile ? Et le cas échéant, comment être plus clair, plus pédagogue ?

Faut-il créer des pictogrammes « Grave » ou « Pas grave », « Information sûre » ou « Plausible », des liens de causalité, des repères chronologiques non ambigus ? Il y aurait tout un chantier à mettre en œuvre. Avec l'aide de designers pour ne pas surcharger le travail des médecins.

Par ailleurs, j'ai conscience que, depuis un quart de siècle, il y a eu des évolutions législatives (avec plus de droits accordés aux patients), des développements informatiques (avec des automatisations croissantes, des cases à cocher, la disparition de phrases), des réductions de postes (peu à peu, le personnel hospitalier perdait des secrétaires, les médecins devaient taper sur leur ordinateur sans regarder leurs patients. Chacun faisait ce qu'il pouvait pour s'adapter, sortir la tête de l'eau).

Face à cette tectonique des plaques, à ces chocs dans tous les sens, je me fais l'effet d'un photographe qui observe le dossier de Benoît. Et j'ai cette conviction qu'il faudrait mettre autour de la table des profils différents. S'arrêter pour prendre le temps de réfléchir au statut d'un dossier tel que celui que j'ai entre les mains. Ne pas l'analyser sous un seul angle, car ce serait nécessairement un angle mort. On ne peut pas raisonner uniquement en « droit », ou en « santé », ou en « écriture ». Il faut accepter une multitude de regards pour imaginer le dossier médical des prochaines décennies.

Pour l'heure, je me dépatouille avec ce que j'ai. Ce trésor de comptes rendus énigmatiques. Mes lacunes en vocabulaire médical. Et je continue d'essayer de comprendre, à mains nues, comment Benoît est mort.

109

Pendant longtemps, j'ai pensé que les cancers pouvaient avoir une cause psychologique.

Je me fondais d'abord sur le seul cas clinique que je connaissais : celui de ma mère. Elle avait senti une douleur dans le sein au moment où elle se réconciliait avec la sienne. J'y avais vu un signe.

Je me souviens d'avoir évoqué ce lien de causalité (celui de maman mais aussi le cas de Benoît) lors d'une réunion organisée par une association qui crée des projets entre des femmes atteintes d'un cancer du sein et des artistes. Ce jour-là, j'ai pris une claque. Une participante m'a expliqué que ma micro-théorie était culpabilisante. Ce serait donc les intéressées qui seraient responsables de leur cancer ?

Je ne savais pas quoi répondre. Je me sentais merdeux.

110

À l'automne 2018, la lésion sur sa vertèbre devient de plus en plus inquiétante. Elle s'est étendue jusqu'au « canal médullaire », un tuyau au cœur des vertèbres, qui contient notamment la moelle épinière.

C'est un peu comme un collier de pâtes. L'une d'elles, qui serait abîmée, vient répandre sa moisissure sur le fil qui tient l'ensemble du collier. Or ce fil est vital. Il faut agir. Vite. Il n'est plus simplement question de réduire la douleur. Il faut empêcher la tumeur de se propager sur la colonne vertébrale. Il faut donc opérer.

Une date d'intervention est fixée en décembre.

111

Je découvre que, quelques jours avant cette opération, Benoît est allé aux Baléares.

Je ne m'en souviens pas. Une fois encore, je ne sais pas si c'est ma mémoire qui me fait défaut ou s'il m'a menti par omission. Est-il parti pour une dernière escapade avec un amant ? Ou suis-je en train de lui inventer une vie amoureuse parallèle, romanesque, qui n'a jamais existé ?

Je sais que Benoît a fait le ménage sur son ordinateur, dans sa messagerie, avant de me le confier.

Il y a une part de lui qui restera un mystère.

112

Benoît sera hospitalisé du 13 au 15 décembre 2018 à l'hôpital Cochin pour une « cimentoplastie ».

Le chirurgien injectera huit millimètres de ciment dans sa vertèbre. Le compte rendu opératoire confirmera que ce cancer a pour origine la muqueuse de son gland.

De nouveau, il avait été soigné à temps.

113

Benoît aurait-il été d'accord pour que j'écrive ce livre ?

Je crois que oui, même si on ne peut pas savoir quelle aurait été sa réaction s'il avait été vivant.

La seule chose que je peux prétendre, c'est qu'il m'avait donné carte blanche pour écrire cette histoire.

114

Je me souviens que la période entre le 24 décembre 2020 et le 5 février 2021 (jour anniversaire de sa mort) a été la plus douloureuse.

Chaque jour, je me rappelais précisément ce qui s'était passé il y a un an. J'avais l'impression de revivre les dernières semaines de Benoît, mais sans sa présence. J'avais une nostalgie terrible des derniers jours.

Le soir du Nouvel An, j'ai voulu être seul. Cela ne m'était jamais arrivé (sauf probablement quand j'étais bébé ou très jeune enfant).

Je me suis couché vers 22 ou 23 heures. Je ne voulais surtout pas être éveillé pour le passage de la nouvelle année. Je ne voulais pas que le monde continue d'avancer en notre absence.

Je me suis levé vers 6 heures du matin, relativement frais, fier ne pas avoir la gueule de bois. D'avoir franchi, de manière clandestine, cette frontière qui me faisait peur.

Puis il y a eu la dernière ligne droite. Les trente-six jours avant la première date anniversaire. Une traversée du désert. Je pleurais beaucoup. Je ne voulais plus voir personne.

Le 5 février, nous avons organisé une soirée chez François et Béa. J'ai bu. Nous avons dansé. Je me sentais bien.

115

Six mois plus tard, j'ai rencontré un architecte.

Pour notre première nuit, il a cherché à m'étrangler avec une ceinture, un jeu érotique auquel un de ses amants l'avait initié. Dès que j'ai compris son intention, je me suis débattu et ai mis les points sur les « i »: il était hors de question qu'il cherche à me faire souffrir, même pour rire. Je crois qu'il me trouvait un peu coincé.

Il n'était pas beau, mais il m'attirait de manière exponentielle. Dormir dans le sous-sol de sa maison, à ses côtés, avec ses draps dépareillés qui sentaient le propre, m'emplissait d'une joie que je n'avais pas connue depuis longtemps.

On sillonnait Paris en scooter. On riait. On dansait nus dans la cuisine. J'expérimentais un autre rapport à la sexualité. Il était capable de dégainer des jeux érotiques à la carte. De faire du sur-mesure.

Parfois il trouvait que j'allais trop loin, que je lui faisais mal alors que je ne le souhaitais pas.

Je fantasmais trop cette relation. J'avais envie d'élever son fils, qui habitait le plus souvent chez sa mère. Je voulais partager mes petits déjeuners avec lui. Partir en week-end. Qu'on fasse des projets ensemble.

C'était une relation un peu bancale. Proche des émotions de l'adolescence.

Cet architecte était beaucoup trop libéré pour moi. Il voulait m'entraîner dans une relation de polyamour. Il aimait avoir des comportements différents, une sexualité variable, des disputes modulables selon ses amants. Il avait besoin de vivre une nouvelle pièce de théâtre avec chacun de ses partenaires.

Très vite, il a su quel rôle me confier. Cela ne me suffisait pas. Je voulais du quotidien. Un projet de couple. Porter son nom.

Souvent, on se retrouvait le dimanche dans une pizzeria minuscule du XIXe arrondissement. Chaque fois qu'il entrait (j'étais toujours en avance et lui en retard), je sentais mon cœur qui battait, je me sentais vivant.

Peu à peu, Benoît disparaissait du paysage. Son souvenir se délavait. Il avait moins de chair. Quelque chose se normalisait. Cet architecte m'apportait la preuve que je pouvais retomber amoureux.

Plusieurs fois, je lui avais dit que je rêvais de passer un week-end avec lui. Je ne voulais pas simplement vivre une nuit dans le périmètre de son existence, même si c'était chaque fois drôle, intense, sexuel ; je voulais davantage. Je voulais du temps. Je savais que je ne l'obtiendrais pas. Au fond de moi, je savais qu'il fallait que je mette un terme à cette relation.

Au moment où j'allais rompre, il m'a proposé de le rejoindre pour quelques jours en Espagne, où il avait un chantier professionnel. J'étais fou de joie. J'ai alors réalisé que je venais de perdre ma carte d'identité. Heureusement, je pouvais aussi voyager avec mon passeport. Je l'ai ouvert : il était périmé depuis quelques jours.

J'y ai vu un signe.

116

Je crois que chaque étape du deuil est plus longue que la précédente.

La première (celle des « psychotropes ») a duré trente-deux jours.

La deuxième (celle des « somnifères »), deux mois.

La troisième (celle des « antidépresseurs »), un semestre.

Et la quatrième (que je ne sais pas encore définir) se poursuit sur plus d'un an. Elle a commencé quand j'ai emménagé rue Pelleport, lorsque je me suis « mis en mouvement ». Depuis, elle s'éternise.

117

J'ai ensuite eu une histoire avec un cardiologue, croisé le soir de Noël 2021, le jour anniversaire de ma rencontre avec Benoît.

Je n'ai jamais dit à cet amant que j'avais flashé sur lui pour ça aussi : j'avais l'impression que c'était Benoît qui me l'apportait comme un cadeau.

On avait échangé sur une application gay, à la suite d'une erreur de géolocalisation. Je me dirigeais vers la Bretagne pour passer les fêtes de fin d'année dans la famille de Benoît. Il cherchait un amant à Bordeaux où il allait pour quelques jours de vacances ; et il est tombé sur moi.

Pour la première fois je me suis projeté de manière sérieuse dans une nouvelle histoire, car ce garçon était célibataire et semblait amoureux comme l'avait été Benoît dans les premiers jours.

En réalité, pour diverses raisons, nous n'étions pas faits l'un pour l'autre (cette aventure n'a duré que trois semaines, elle s'est nouée essentiellement à distance, nous n'avons partagé que trois ou quatre nuits. Et pourtant on a évoqué la possibilité du mariage, on s'est dit « Je t'aime », on a couché sans préservatif, on a fait ce que je n'avais jamais fait).

Un lundi, lorsque nous avons eu tous les deux les résultats de nos examens VIH (je n'étais pas très inquiet, lui non plus), lorsque nous avons eu la confirmation qu'on était séronégatifs et qu'on pourrait continuer à coucher ensemble sans capote et sans culpabilité, il y avait, de part et d'autre, un enthousiasme modéré. Depuis quelques jours, je m'étais lassé. Lui aussi.

Il a dégainé en premier. Quelques minutes après avoir échangé nos résultats biologiques, sans qu'on ait le temps d'en profiter, il m'a écrit : « Je pense que nous sommes trop différents pour avoir une relation amoureuse stable. Nous sommes tous les deux perchés dans deux domaines diamétralement opposés. Pour moi, c'est difficile d'entrer dans ta bulle. Tu es une belle rencontre, un mec super, mais tu as peu de temps à me consacrer et je n'en ai pas davantage. Je sens que Benoît est encore très présent… et c'est normal, mais j'ai du mal à trouver ma place par rapport à toute cette situation et je dois me protéger. Néanmoins, on peut se revoir quand tu veux pour déjeuner ! »

Sa dernière phrase était, selon moi, une faute de goût.

Depuis quand ne m'étais-je pas fait plaquer ? Sans doute depuis la magnifique lettre de l'écrivain pour enfants, en 2003, un an avant ma rencontre avec Benoît. Anne-Sarah, à qui je l'avais lue, m'avait dit : « Ce courrier est parfait. On croirait une lettre de licenciement rédigée par ma mère : ses salariés ont toujours envie de la remercier ! »

118

Pourquoi cette relation avec le cardiologue a-t-elle explosé en plein vol ?

Je crois que cet amant a changé de comportement à mon égard quand je lui ai annoncé que je commençais à écrire ce livre. Ça ne lui a pas plu. Je l'ai senti à sa voix : « Je ne veux pas être désagréable, mais qui peut s'intéresser à la vie de Benoît ? En réalité, tu n'as pas encore fait ton deuil et tu as besoin d'expurger cette histoire. »

Son intelligence faisait parfois du coude à coude avec une certaine forme de bêtise. Je ne lui en voulais pas. Je savais que je n'étais pas amoureux de lui. Entre la volupté liée à l'écriture de ce manuscrit et cet amant de Noël, mon choix était fait.

Je me souviens que je lui avais révélé, à peu près au même moment, que mon nom était gravé sur la tombe de Benoît. C'est la goutte d'eau qui a fait déborder le vase. Il m'a répondu : « Tu es en deuil pathologique. »

J'avais, au contraire, l'impression que je commençais à sortir la tête de l'eau, à imaginer, presque deux ans après la mort de Benoît, la fin d'un tunnel, le désir d'une nouvelle histoire.

Je suis allé chercher sur Internet des informations sur cette « maladie » que je ne connaissais pas : le « deuil pathologique ». Et il n'avait peut-être pas tort. J'identifiais effectivement certains symptômes ; mais cela me semblait léger, bancal.

Dans les jours qui ont suivi, j'ai raconté en riant cette histoire à des amis proches : « Il m'a diagnostiqué un deuil pathologique ! » Ils prenaient un air gêné : « C'est vrai que tu parles beaucoup de Benoît. »

J'étais désemparé. Comme si on m'avait expliqué qu'il ne fallait pas honorer ses parents. Ne pas les pleurer. Entretenir le souvenir de mon mari, n'était-ce pas le rôle que la société m'avait assigné ? Un rôle dont je ne me plaignais pas, évidemment. Au contraire. J'y prenais un plaisir immense. Et n'avais-je pas acquis une forme d'indépendance par rapport à sa mort ? Sans me vanter, il me semblait que j'étais un « bon élève » du deuil : je n'oubliais pas Benoît, je couchais avec d'autres garçons, j'explorais une vie sans lui. Que pouvait-on me demander de plus ?

119

Le frère aîné de Benoît a retrouvé la cassette qu'il avait cachée dans son garage. Il m'a donné rendez-vous chez mes beaux-parents pour me la remettre.

Nous nous installons sous la véranda pour prendre l'apéritif. Sur une petite table, il y a un lecteur de cassettes. Nous sommes émus. Dans quelques instants, nous allons entendre la voix de Benoît.

120

« **HANS.** Les oies passaient leur journée à glousser dans la fermette en contrebas de la maison. Elles ont constitué la bande-son de mon enfance. Le bruit des oies, c'est la vie. »

121

En 2019, pour son dernier Noël, je lui ai offert un abonnement de fleurs. Il était à l'hôpital. Je savais qu'il ne pourrait jamais en profiter.

Après son décès, j'ai culpabilisé de laisser ces fleurs en sursis.

Au début de l'année 2022, j'ai eu une idée : pour le deuxième anniversaire de sa mort, j'allais les offrir à des inconnus, de la rue Montorgueil au Père-Lachaise.

Une de mes amies, Eden, a proposé de m'accompagner et de prendre en photo les mains de ces passants.

122

À la même époque, un de mes ex m'a invité à consulter sa psy : « Tu vas voir, elle est géniale ! » Pourquoi me faisait-il cette proposition ? Pourquoi la répétait-il à chacun de nos déjeuners ? Qu'est-ce qui clochait dans ma psyché ?

Je me regardais dans le miroir. Je ne comprenais pas ce que les autres voyaient.

Et puis, parce que j'ai toujours trouvé généreux qu'on me prête un psy (même lorsque je n'en avais pas besoin), que c'est presque une règle de politesse d'accepter un tel cadeau, j'ai fini par appeler cette femme dont il me disait tant de bien.

Par hasard, elle m'a donné rendez-vous le 5 février 2022 à 9 heures, le jour anniversaire de la mort de Benoît.

Je me suis assis en face d'elle. On portait tous les deux un masque. Je lui ai évoqué cette question du « deuil pathologique ». Elle ne semblait pas plus inquiète que moi. D'autant plus que je venais de commencer une nouvelle histoire avec celui que j'appelais « mon plan cul d'après minuit ».

Je l'avais rencontré après un dîner à Noisy-le-Sec. En revenant chez moi, je m'étais connecté sans envie sur Grindr. Je lui avais proposé de passer (en lui précisant que je n'avais pas envie mais que cela m'excitait). J'étais scindé en deux, blasé, dépressif.

Un peu après minuit, il est entré dans l'appartement. Quelque chose s'est arrêté. On se dévorait du regard. Ce n'était pas sexuel. Je le trouvais beau, bien habillé. C'était comme dans un film, un truc un peu *too much*, le coup de foudre avec de la musique.

On est restés quelques minutes sans bouger, à se regarder, presque intimidés. Puis on a changé nos plans. Au lieu de s'offrir nos culs, nos sexes, nos poitrines, de sortir des préservatifs, de râler sans un mot, d'aimer sans aimer, de faire des grands huit étranges, on s'est mis à discuter comme si de rien n'était. Comme dans une soirée normale. Et je me suis senti bien. Apaisé.

Puis on a couché ensemble. Nos peaux s'accordaient. Tout était étrangement fluide, simple, agréable, drôle, élégant. Ni lui ni moi n'avions envie de nous quitter. On s'est endormis dans les bras l'un de l'autre. Et on a commencé cette nouvelle histoire.

« Ah oui, a commenté la psychothérapeute. Manifestement, vous ne souffrez pas d'un deuil pathologique…

– Je ne vous le fais pas dire ! Et je ne lui ai même pas parlé de mon nom gravé sur la petite chapelle. J'ai retenu que ce détail pouvait faire fuir certains !

– Vous avez bien fait. Il faut y aller par étapes. »

En sortant de ce rendez-vous, je me sentais léger.

123

Après cette séance, je suis allé à pied jusqu'à la rue Montorgueil pour rejoindre Eden.

La fleuriste avait déposé, dans un grand panier en osier, cent tulipes de couleurs différentes. Nous avons offert la première à une enfant qui était devant la boutique. Puis nous avons marché jusqu'au Père-Lachaise.

Au cours des deux heures qu'a duré cette balade, nous avons discuté avec des dizaines de personnes. Une prostituée a versé une larme. C'était la première fois qu'on lui offrait une fleur. Une autre inconnue nous a interrogés : « Vous faites partie d'un mouvement politique ? »

Cette marche dans Paris était joyeuse et ensoleillée. Benoît, de plus en plus, devenait un matériau artistique. C'était mon héritage. Le soir, sur les réseaux sociaux, j'ai publié quelques photos de ces mains qui brandissaient une fleur.

En retour, tel un animal qui participerait à une expérience à son insu, j'ai reçu des likes, des commentaires, de l'amour, des friandises. J'étais heureux. Fier de mon coup. Fier de mon deuil. Comme un remake des femmes des années 80, à qui on demandait tout à la fois : être une bonne mère, une bonne copine, une bonne collègue, une bonne maîtresse, une bonne ceci, une bonne cela.

Moi, j'étais comme elles. Un bon veuf. Un bon soumis. Un bon artiste. Un bon amoureux. Un bon internaute. Ce soir-là, deux ans jour pour jour après la mort de Benoît, je me trouvais étincelant.

Et c'est là que j'ai reçu un électrochoc. Un message auquel je ne m'attendais pas.

124

C'est un photographe qui m'a écrit.

On se connaissait à peine. On s'était croisés trois fois en dix ans. On se suivait sur les réseaux sociaux. Il avait vu ma publication sur les fleurs. Cela l'avait marqué. Dans la nuit, il a rêvé de moi. Le lendemain, il m'a écrit : il avait quelque chose d'important à me dire.

On s'est retrouvés près du métro Belleville. Il n'avait pas de temps à perdre : « Je ne fais pas partie de tes proches… Je ne sais pas si tu leur parles beaucoup ou non de Benoît, deux ans après sa disparition. Mais j'imagine que oui. Probablement que tu monopolises la conversation, même sans t'en rendre compte. Car comment couper la parole à un veuf ? Tu n'imagines pas comme c'est difficile. Tu n'as jamais été de l'autre côté. Moi, si. Et du tien aussi.

J'ai perdu mon ami quand j'étais très jeune. J'ai connu cette logorrhée de l'être aimé. Puis j'ai une amie qui est devenue veuve. J'ai cru que cette expérience commune allait nous rapprocher. Au contraire. Je ne la supportais plus. Je me voyais à travers elle quand je pleurais mon amoureux. C'était insupportable. Elle ramenait toujours tout à lui. Et donc à elle. Un jour, je lui ai balancé ses quatre vérités : si tu me reparles de ton mari, je préfère ne plus te revoir. Elle était sidérée. Sur le cul. Interdite.

J'avais sans doute été trop brutal. Qu'importe. Il fallait que ça sorte. Depuis, elle me fait la gueule. Pourtant, j'ai le sentiment d'avoir agi dans son intérêt. Peut-être pas avec les bonnes formules. Et sans doute pas avec la bonne distance.

C'est ce à quoi j'ai pensé en me réveillant, après avoir vu ton post Facebook, après avoir rêvé de toi. J'y ai réfléchi et je me suis dit : il faudrait que les connaissances fassent ce boulot, pas les amis proches, c'est trop violent. Il faut que les pairs, les veuves, les veufs se retroussent les manches pour dire tout haut ce que les autres pensent tout bas : la mort ne peut pas être le sujet numéro 1 des dîners en ville. Pas pendant deux ans. Et si Benoît était vivant, je te dirais la même chose. Si fabuleux fût-il, la vie ne peut pas tourner autour de lui. Crois-moi, je suis en train de rendre un service à tes amis. Ils vont de nouveau t'apprécier. »

J'étais figé. J'avais l'impression de prendre des baffes. De découvrir une vidéo où je me baladais tout nu dans la rue sans en avoir conscience. Sous le feu des projecteurs, je souriais bêtement et acceptais sans broncher la serviette éponge qu'on me tendait.

« Et tant que j'y suis, j'imagine qu'il y a des photos de Benoît chez toi.

– Oui, c'est normal.

– Non, ce n'est pas normal. Tu les enlèves. Je ne te demande pas de les jeter. Tu peux les mettre dans une boîte, dans un tiroir, tu les descends à la cave. À tout moment tu pourras les retrouver, mais tu ne peux pas les garder avec toi. Tu ne vis pas dans un mausolée. Il y a une vie après Benoît. Et ce n'est pas celle que tu es en train de vivre…

– Il n'y a pas beaucoup de photos de lui à la maison.

– Combien ?

– Cinq.

– Pour un deux-pièces ?

– Oui mais…

– Non, pas “mèèèèèè”…. Tu m’enlèves tout ça ! »

Étrangement, malgré le peu de pincettes qu’il prenait, je sentais qu’il me voulait du bien et qu’il avait peut-être raison, qu’il fallait en tout cas que j’essaye. Jamais je n’aurais accordé le moindre crédit à ses paroles s’il n’avait pas été veuf; seuls mes « pairs » pouvaient savoir. Et seule une connaissance, et non un ami, pouvait m’assener cet électrochoc.

J’avais besoin d’une neutralité affective pour être à l’écoute.

« D’accord. Je ne sais pas si ça servira à grand-chose. Mais je vais essayer.

– Bien.

– Je vais enlever toutes les photos ; je laisserai juste un dessin de nous deux.

– Pardon ?

– Oui, mais c’est différent. C’est un dessin de Cabu.

– Tu le connaissais ?

– Non. Mais notre ami Arthur, oui. Après notre mariage, il lui avait montré une photo de nous deux, prise quelques secondes après qu’on s’était dit “oui”. La salle applaudissait. On était heureux comme des papes. Cabu en a fait une caricature. J’y suis attaché indépendamment de Benoît.

– C’est la première image que tu dois enlever. Tu ne te rends pas compte de ce que tu dis… Cache-la dans la cave. Tu me remercieras. »

De retour à la maison, c’était en plein après-midi, un peu sonné, je me suis exécuté, de manière mécanique. Comme pour la dernière d’une pièce de théâtre. Comme si je fermais les paupières d’un défunt. C’était fini. Il fallait balayer la mort (ou les souvenirs) pour essayer de respirer autrement. De manière contre-intuitive. En poussant un cri.

(Playlist #4)

Hey Joe
d'Odezenne

2018

La liberté de deuil

125

Ce qui se passe après le deuil est aussi mystérieux que ce qui se produit après la mort : on n'en sait rien.

Peut-on faire son deuil ? C'est une question qui traverse différents types de livres. Pour simplifier, les ouvrages de développement personnel grand public ont tendance à répondre que oui. À l'opposé, des essais littéraires, encensés par la critique, rejettent fermement cette idée. Il y aurait comme une lutte des classes du deuil.

Freud parle de l'« énigme du deuil ». Pour la résoudre, il faudrait « se détacher » de nos morts. Est-ce possible ? Est-ce souhaitable ? Si nous n'y parvenons pas, serons-nous victimes d'un « deuil pathologique » ? Et que signifie vraiment le « cycle du deuil » ? À son terme, revenons-nous au point de départ ? Faut-il le suivre à plusieurs reprises ? Ou est-ce l'équivalent d'un cycle universitaire ? En cinq étapes, en cinq années, on obtiendrait notre diplôme ?

Mon hypothèse est que le deuil est insaisissable : il appartient à la famille des « autodéfinitions ». Comme le mot « amoureux ». Personne ne sait ce que cela signifie réellement. En revanche, chacun expérimente un jour cet état pour la première fois : quand on « tombe amoureux », on ressent dans notre chair ce que ce mot veut dire. Et même sans être capable de le définir précisément, on peut *a minima* le toucher du doigt grâce à cette expérience fondatrice qui en esquisse la définition. En clair, le sentiment amoureux est défini non par les dictionnaires, mais par notre expérience singulière, qui peut parfois nous induire en erreur : nous faire croire que notre autodéfinition serait universelle.

De la même manière, la définition du mot « deuil » varie en fonction de nos expériences et des représentations que nous en avons, à notre époque, dans notre pays, dans notre milieu, dans notre famille. Même si nous n'avons pas expérimenté le deuil, nous l'avons « vu » : nous sommes allés à un enterrement, nous avons été surpris de pleurer, même quand on n'avait pas d'attachement pour le défunt ; chacun, en fonction de son histoire, peut bricoler une autodéfinition du deuil.

Et c'est pourquoi il me paraît essentiel de consacrer la « liberté de deuil », laquelle me semble beaucoup plus importante que les règles de bienséance ou les symptômes présumés du deuil pathologique.

Cette liberté de deuil, qu'il faudrait arracher à la société, commence le jour des obsèques et se poursuit jusqu'à notre mort. Car, qu'on le veuille ou non, cette peine liée à la disparition d'un proche reste une histoire gravée au fer rouge quelque part sur notre peau. Même si elle cicatrise. Même si elle n'est plus douloureuse. Elle impacte nos choix, nos vies, de manière au moins microscopique.

126

Benoît avait téléchargé une application pour décompter le nombre de jours jusqu'au prochain Fnac Live. Chaque année, il la consultait régulièrement.

Ce que je ne savais pas, et que j'ai découvert à l'hôpital, c'est qu'il l'utilisait également pour calculer le nombre de jours écoulés depuis sa naissance.

S'il n'avait pas été dans le coma, il aurait su qu'il avait vécu 17 070 jours. Je trouvais que ça sonnait bien. J'avais même pensé me faire tatouer ce chiffre sur la peau. Mais je ne l'ai pas fait.

Après sa mort, j'ai remis le compteur à zéro.

Le 5 février 2020 ne serait plus le dernier jour, mais le premier de mon calendrier intime.

127

Le 1er novembre 2022, j'ai traversé ma millième nuit sans Benoît.

Ce soir-là, j'ai rencontré David sur une application.

Une semaine plus tard, nous nous sommes donné rendez-vous dans un café. Il portait un pull qui me plaisait. Je lui ai parlé des garçons qui avaient défilé dans mon lit, dont je tombais souvent amoureux, pour un temps relativement bref. J'étais « cœur d'artichaut ». David se reculait sur sa chaise en croisant ses bras.

Il m'a expliqué qu'il organisait une crémaillère chez lui trois jours plus tard. Il m'a proposé de passer (« Tu pourras rester le temps que tu souhaites : quinze minutes, une heure ou toute la soirée »).

Son appartement était loin du métro. Il n'avait pas dit à ses amis qu'on s'était rencontrés sur une application. Je trouvais que c'était original pour une deuxième rencontre.

Je m'étais fondu dans la masse. Étais resté discret. Une de ses amies, qui avait beaucoup bu, m'a pris par le bras. Elle avait perçu que j'aimais les garçons : elle avait besoin de mon aide, de mon expertise, pour trouver un homme à David.

Il s'était fait larguer en 2020, après être tombé dans le coma à cause du Covid. Il avait du mal à se remettre de cette rupture. Elle pensait à un de ses amis célibataires qui habite à Marseille, dont elle m'a montré la photo. Elle voulait qu'ils se rencontrent. Quelle était la meilleure façon de procéder ?

De manière maladroite, je lui ai donné quelques conseils sans lui révéler qu'on était justement en train de se draguer. David est alors passé devant nous avec des cœurs d'artichaut posés sur une petite assiette. « Qui en veut ? » Ève, qui me parlait depuis vingt minutes, était interloquée : « Mais pourquoi tu as acheté ça ?

– Parce que j'aime les cœurs d'artichaut ! »

128

Notre relation n'était pas simple.

Lorsque David me tenait la main dans la rue, je levais les yeux vers le ciel ; j'avais l'impression que Benoît nous regardait. Cela me mettait mal à l'aise.

Au fil des mois, nous avons trouvé un équilibre. Benoît devenait un personnage de fiction. Un personnage qui m'obsédait. Sans chair ni os. David avait réussi à trouver sa place. Il laissait à Benoît la médaille d'or. Ce qui l'intéressait, ce n'était pas les honneurs, mais de rester avec moi.

Au bout d'un an, Benoît et David sont devenus les deux faces d'une même pièce. La fiction d'un côté, désincarnée et touchante. La réalité de l'autre, humaine et fragile. J'avais besoin des deux. Je ne savais pas faire sans.

129

J'allais de moins en moins souvent au Père-Lachaise. Parfois je culpabilisais, car je savais que les dernières fleurs déposées avaient dû sécher.

Dès que je recevais un texto m'informant qu'untel était passé devant la petite chapelle, j'avais le sentiment d'être pris la main dans le sac. Comme si je venais de prêter mon appartement sans avoir fait la vaisselle.

Parfois, c'étaient des inconnus qui m'écrivaient. Ou des semi-inconnus. Des personnes que j'avais croisées une fois dans ma vie, que je suivais sur les réseaux sociaux. Je me souviens notamment d'un comédien, avec qui j'avais fait de la figuration pour le film d'un réalisateur iranien. Dix ans plus tard, il m'a écrit sur Facebook : il venait de perdre son mari, qui avait été enterré au Père-Lachaise. Et c'est ainsi, par hasard, qu'il était tombé sur mon nom.

J'étais dans un café lorsque j'ai vu son message. J'ai eu honte en pensant aux tournesols abandonnés depuis un mois. J'ai couru au cimetière. Arrivé devant la petite chapelle, je les ai jetés dans une poubelle. Puis j'ai commencé à enlever la poussière sur le cadre de la photo posée derrière la petite grille qui protège sa case. Ce cliché représente Benoît au milieu d'une partie de l'équipe technique du Fnac Live. La plupart des hommes et des femmes qui y figurent sont de parfaits inconnus pour moi.

J'avais choisi cette photo non seulement parce que Benoît y arbore un sourire magnifique, mais aussi parce que j'aimais l'idée qu'au seuil de la mort ce ne serait pas une photo de lui ou de nous deux qui se dresserait, mais celle de personnes qui me resteraient mystérieuses.

Au fil des années, le cadre en bois de la photo s'est abîmé à cause de la pluie et du vent. Mes gestes n'étaient pas fluides. Il fallait passer les doigts et les mains entre le grillage pour tenter de la nettoyer.

Afin d'accéder plus facilement à la photo, j'aurais pu prendre rendez-vous avec l'administration. Leur demander la clef de la grille. Mais je n'ai jamais entamé cette démarche qui me semblait trop compliquée.

Et c'est là, en époussetant le cadre de la photo, que je l'ai involontairement déplacé. Derrière, j'ai trouvé un emballage de préservatif qui n'avait pas été ouvert. Pourquoi se trouvait-il ici ? J'ai d'abord pensé que c'était un de ses amants secrets qui l'y avait déposé ; cela m'a fait sourire. J'y voyais un geste romantique.

Puis, sans transition, une autre explication a surgi dans mon cerveau. Et si c'était quelqu'un qui me voulait du « mal », me signifiant qu'il savait très bien que, derrière mes airs de veuf éploré, je me répandais sur des applications de rencontres pour imaginer des scénarios lubriques ?

Cette hypothèse m'a mis mal à l'aise. Est-ce que quelqu'un m'épiait ? Je suis reparti chez moi en laissant le préservatif sur place.

J'en ai parlé autour de moi. La plupart trouvaient cette histoire sordide. À les écouter, j'avais l'impression qu'un homme ou une femme avait pissé sur la tombe de Benoît, alors que moi je continuais de penser que ce préservatif était peut-être une offrande bienveillante.

Certains m'expliquaient que des hommes et des femmes sont excités par la mort. Qu'ils couchent entre des tombes. Un de ces adeptes du sexe morbide avait peut-être laissé un préservatif de secours derrière la photo de Benoît ? Cette histoire m'a d'abord semblé crédible. Puis il m'est apparu qu'elle ne tenait pas debout : il est plus simple de cacher un préservatif dans sa poche que dans une chapelle cinéraire !

Ou alors, me disait un autre, c'est un couple qui a été surpris au moment où ils allaient passer à l'acte. Ils ont caché l'arme du crime pour ne pas être suspectés de vouloir s'ébattre parmi les morts.

Non, cette hypothèse ne tenait pas non plus.

En explorant ces différentes pistes, j'ai soudain craint que le préservatif disparaisse. Cette capote faisait partie de l'histoire de la petite chapelle. Je ne voulais pas qu'elle se volatilise. Je désirais la conserver comme une pièce à conviction. Comme un trésor. De nouveau, j'ai couru jusqu'au Père-Lachaise. J'avais l'impression que tout allait se jouer à quelques minutes près. Je craignais sa disparition imminente.

Heureusement, le préservatif était toujours en place. J'ai vérifié l'emballage. Il n'était pas périmé. J'ai hésité à l'utiliser. Non, cela aurait été sacrilège. Il valait mieux le conserver dans une petite boîte. Pour l'éternité.

130

De retour chez moi, j'ai repensé aux occupants de la petite chapelle, avant qu'elle ne soit rénovée.

Qui étaient-ils ?

Pour le découvrir, j'ai pris rendez-vous avec le directeur du Père-Lachaise. Il a accepté de me recevoir.

Je ne l'avais pas vu depuis la crise sanitaire. Je me retrouvais dans le même bureau, devant la même boîte de mouchoirs qu'en 2020.

Depuis notre rencontre, il avait écrit un livre sur ce cimetière, qui avait cartonné. J'en avais apporté un exemplaire pour me le faire dédicacer.

Il était au courant que le Père-Lachaise suscite parfois des comportements atypiques, à la marge de la moralité. À sa connaissance, une seule tombe fait l'objet d'offrandes de préservatifs emballés : celle d'Oscar Wilde. Mais il ignorait pourquoi. C'était peut-être une piste à explorer.

Je savais que son temps était compté. Or je n'étais pas venu dans son bureau pour échanger sur les contraceptifs posthumes, mais pour enquêter sur les anciens occupants de la petite chapelle.

Qui étaient-ils ? Comment avaient-ils été délogés ? Où étaient parties leurs reliques ?

131

Je me souviens qu'avec mon frère, quand on était enfants, on rédigeait nos testaments.

Ça se passait dans l'appartement de notre père. Il fallait d'abord lister tous nos avoirs: les jouets, les vêtements, les photos. Classer ceux qui nous semblaient les plus précieux (pour moi, un service en porcelaine offert par mon arrière-grand-mère pour mes quatre ans. Elle avait dû percevoir quelque chose de féminin en moi. Ou peut-être était-elle simplement en avance sur son temps, elle qui était née à la fin du XIXe siècle).

Puis, très vite, d'autres questions se posaient. À qui offrir tous ces trésors? Fallait-il prévoir des conditions?

J'étais évidemment à la manœuvre. C'est moi qui avais eu l'idée de jouer aux grands. Aux extra grands. À ceux qui pensent déjà à la mort, à l'après. Et je voulais entraîner mon frère dans ce dispositif. Pour avoir un miroir.

Cela faisait deux ou trois jours que notre quotidien était rythmé par ces préoccupations post mortem: « J'ai oublié de léguer ma gourmette! » « Mais si papa meurt avant maman, est-il raisonnable de lui donner mon buste? » (Celui réalisé par mon grand-oncle, qui enseignait aux Arts déco à Paris.)

Or, à force de penser à la mort, de se projeter dans l'après, mon frère et moi avions fini par prendre peur, comme si ces écrits pouvaient nous plonger dans l'au-delà.

Je me souviens qu'on avait fini par tout déchirer. Plus rien ne nous amusait dans ce jeu. On voulait penser à autre chose.

Pendant trente ans, je n'ai pas rédigé de nouveau testament; puis j'en ai écrit un second, juste après la publication de mon premier roman: je ne voulais pas que mon père puisse devenir mon exécuteur testamentaire. Je devais m'assurer que Benoît prendrait seul les décisions qui lui sembleraient les plus pertinentes au sujet de mes écrits, de mes manuscrits en cours. À cette époque, nous venions d'emménager rue Montorgueil.

Ce document est daté du 7 juin 2010. Je l'avais rangé dans le secrétaire qui avait appartenu au grand-père de Benoît, meuble sur lequel nous avions posé notre photo iconique, celle où nous sommes en Grèce, heureux, souriants. Lui a sa tête posée sur mon épaule; je porte un polo rouge. C'est peut-être Kinga qui nous a pris en photo. On ne regarde pas l'objectif. C'est une photo prise sur le vif, d'assez près.

Par mimétisme, Benoît s'était demandé s'il devait également rédiger son testament. Or il y avait une différence fondamentale entre nous: je n'avais pas peur de la mort, contrairement à lui que ce mot terrorisait. Moi, je craignais la souffrance; j'étais hypocondriaque, mais je ne redoutais pas la mort, ou plus exactement je n'y pensais pas. Mon cerveau savait l'occulter, comme on occulte le vide lorsqu'on marche au bord d'une falaise.

Sept ans plus tard, lorsque Benoît a découvert qu'il avait un cancer du poumon, j'ai repensé à cette absence de testament. Je savais qu'il aurait été plus confortable pour moi qu'il en rédige un. Je savais aussi que cela aurait été un acte psychologiquement éprouvant pour lui, surtout maintenant que la mort frappait à sa porte de manière très concrète. Entre le confort juridique qu'un testament m'aurait apporté et le supplice psychologique

que cet acte aurait représenté pour lui, je préférais mille fois qu'il n'en rédige pas. Benoît n'était pas du tout de cet avis.

Après son opération du poumon, même si tout s'était plutôt bien passé, Benoît m'avait dit : « C'est toi le juriste. J'aimerais que tu t'occupes de contacter un notaire pour que je puisse déposer mon testament. » Je n'avais pas relevé. Ou bien j'avais simplement répondu : « Oui, oui », sans rien faire.

Dans mon esprit, ce testament pourrait, de manière surnaturelle, entraîner Benoît dans la mort. Cette abstention de ma part était un grigri contre son trépas.

Un an après son cancer du poumon, quand des métastases sont réapparues, la question du testament est revenue sur la table. « Mathieu, c'est toi le juriste. Peux-tu t'en occuper ?

– Oui, oui. »

J'esquivais. L'essentiel, ce n'était pas le testament, mais la course contre la montre entre le cancer et les progrès de la science. Il fallait, comme pour la tumeur du poumon, que des solutions médicales permettent à Benoît de devenir immortel.

Et d'ailleurs, ça marchait. Ainsi, la cimentoplastie pratiquée sur sa vertèbre avait été un succès.

132

À la même époque, un nouveau champ de bataille se dresse devant lui.

Les médecins identifient un foyer inquiétant au niveau de la glande surrénale, située sur le rein droit.

Le 30 juin 2018, cette tumeur mesure dix-neuf millimètres. Dix jours plus tard, sa taille progresse de 50 % : il est décidé de mettre en place une immunothérapie.

La première séance a lieu au mois de juillet. Le lendemain, les premiers effets secondaires apparaissent : des douleurs articulaires sur les quatre membres. Rien de grave : cet inconvénient disparaît trente minutes après son réveil ; il n'y a donc pas de raisons de s'alarmer.

Ses séances d'immunothérapie ont lieu tous les quinze jours. Début août, le compte rendu indique : « Pas de contre-indication à la poursuite du traitement. »

À la fin du mois, les choses se compliquent : l'immunothérapie génère une maladie du foie. Les médecins décident néanmoins de maintenir le traitement. En parallèle, le bilan hépatique de Benoît sera surveillé de manière hebdomadaire.

Début septembre, l'étau se resserre. Benoît est essoufflé dès qu'il monte un étage. Il n'arrive plus à faire son jogging. Il a une « sensation de brûlure au niveau de la cage thoracique ».

Le 6 septembre, l'équipe médicale se trouve confrontée à un dilemme. L'immunothérapie est efficace. Elle permet de réduire la tumeur sur la glande surrénale droite. En revanche, elle provoque une maladie : la « sarcoïdose-like », qui peut provoquer la mort dans 1 à 8 % des cas.

Il est finalement décidé de suspendre l'immunothérapie, le temps de régler ce nouveau problème.

Pour contrer cet effet indésirable, Benoît est placé sous corticoïdes. Chaque jour, il doit en ingérer quatre-vingt-dix milligrammes. Si ce traitement est efficace, il pourra progressivement réduire cette quantité. Quand il passera sous le seuil des vingt milligrammes, l'immunothérapie pourra éventuellement être reprise.

Tout l'enjeu est que la tumeur dans la glande surrénale ne reprenne pas le pouvoir entre-temps. Que sa taille reste compatible avec un espoir de rémission.

Début octobre, Benoît retrouve en partie son souffle. Dès lors, la réduction des corticoïdes peut s'enclencher.

Chaque semaine, il a le droit de réduire son traitement de dix milligrammes. 90… 80… 70… 60… 50… 40…

À trente milligrammes, alors qu'il approche du but, Benoît constate que son essoufflement a totalement disparu. Les médecins viennent donc d'éteindre le foyer de la sarcoïdose-like au moment précis (et cela nous met en joie) où le seuil des vingt milligrammes va enfin être atteint.

Le 23 novembre 2018, c'est effectivement ce qui se produit : Benoît peut respirer sans difficulté ; la quantité de corticoïdes est suffisamment faible pour qu'il puisse reprendre son immunothérapie.

On reprend espoir.

133

À la fin de l'entretien, le directeur du Père-Lachaise pose sur la table un petit dossier au nom de la famille « Mongrolle ».

Mes yeux pétillent.

Cette parcelle a été acquise en 1850 par un veuf qui venait de perdre son épouse, Joséphine, âgée de quarante-huit ans. À l'origine, cet emplacement perpétuel lui était réservé. Il n'était pas prévu que d'autres soient enterrés au même endroit. C'était son lopin de terre.

Ce couple avait deux fils qui portaient le même prénom que leur père : Pierre. Au décès du patriarche, les deux garçons ont décidé de faire bâtir une chapelle pour que leurs parents reposent ensemble pour l'éternité. C'était en 1861.

Cette année-là, le fils aîné s'est marié. À cette époque, il occupait la fonction de « chef pâtissier de la maison de l'Empereur », c'est-à-dire de Napoléon III.

L'année suivante, il est devenu père d'une petite Ambroisine, qui est décédée quatre ans plus tard. Elle a rejoint ses grands-parents dans la petite chapelle.

Par la suite, il deviendra « pâtissier en chef du palais de l'Élysée », probablement en 1873, lorsque le président de la République, Patrice de Mac-Mahon, investira les lieux.

Il mourra en 1879, l'année où son patron quittera l'Élysée.

Son frère cadet, qui était rentier, trépassera moins de deux ans plus tard. Tous les deux ont rejoint leurs parents dans la petite chapelle.

En 1903, l'épouse du fils cadet sera la sixième et dernière à être inhumée dans le caveau. Elle portait un prénom et un nom de jeune fille presque prémonitoires : Benoîte Chapelle.

134

Le 27 novembre 2018, un vent de panique s'empare de Benoît. Depuis qu'il est passé de trente à vingt milligrammes de corticoïdes, il constate qu'il ne peut plus monter un étage sans être essoufflé. En outre, ses deux jambes ont perdu de leur force. Il semble donc qu'il ait besoin de remonter à trente milligrammes journaliers, ce qui lui interdirait de reprendre une immunothérapie.

Cerise sur le gâteau : les corticoïdes provoquent désormais des effets secondaires. Le compte rendu mentionne une « éruption acnéiforme sur le torse et le visage ».

En clair, l'immunothérapie a déclenché une « sarcoïdose-like » qui nécessite un traitement aux corticoïdes, lesquels provoquent une poussée de boutons disgracieux. Ce dernier désagrément pourrait sembler anecdotique. Il n'en est rien : tant que Benoît pouvait camoufler sa maladie, il trouvait une certaine force. Maintenant que son corps ne lui permet plus de mentir, il sent qu'il va lâcher prise.

135

Il semble que la famille Mongrolle se soit éteinte après 1903. Les grands-parents n'étaient plus là, ni leurs deux fils (le pâtissier et le rentier dont l'épouse sera la dernière inhumée), ni leur unique petite-fille. Personne pour s'occuper de la tombe de ces trois femmes et de ces trois hommes, de ces trois générations. Trois Pierre. Joséphine, Benoîte et Ambroisine. Protégés par le contrat signé par le patriarche : une concession à perpétuité. En théorie. Car en pratique, tout est plus subtil. Il faut savoir lire entre les lignes.

À quel moment ont-ils su (auraient-ils pu savoir, a-t-il été acté) qu'un coup de gomme pourrait être porté sur une concession à perpétuité si celle-ci n'était plus entretenue ?

Je vérifie le règlement du Père-Lachaise. À l'article 45, il est écrit, noir sur blanc, que « le maire peut engager la procédure de reprise administrative si les conditions prévues par la loi à l'égard des sépultures abandonnées sont réunies ».

136

Le 29 novembre 2018 (deux jours après le vent de panique), tout va mieux : Benoît a retrouvé son souffle. Les médecins décident donc de maintenir le dosage journalier à vingt milligrammes de corticoïdes. Par ailleurs, la taille de la tumeur de sa glande surrénale droite a continué de décroître, alors même que l'immunothérapie est en pause ; cela est très encourageant.

Les comptes rendus de cette époque n'évoquent pas le gonflement du visage lié aux corticoïdes. Or c'est probablement l'un des effets secondaires qui ont le plus marqué Benoît.

Sur son carnet jaune, il écrit : « Un jour, je me suis regardé dans la glace et je n'ai pas reconnu mon sourire. Un autre se tenait face à moi. C'était mon troisième mois sous cortisone. C'est l'expérience la plus angoissante que j'ai vécue. »

En décembre, il passe à dix milligrammes par jour. Désormais, il pourra réduire les quantités à raison d'un milligramme par semaine et ainsi retrouver, d'ici le printemps, son visage d'autrefois. En attendant, l'acné continue de gagner du terrain.

Les comptes rendus évoquent des « pustuleuses d'acné sur le décolleté et les épaules ». En parallèle, sur son front à droite, on observe un léger vitiligo (c'est-à-dire une tache blanche).

Le 15 décembre, il peut enfin reprendre l'immunothérapie. Pas dans sa version complète. On lui donnait deux produits ; il n'en aura plus qu'un.

L'année 2019 commence dans une forme de joie.

Sa tumeur sur la vertèbre numéro 3 a été soignée. Celle sur la glande surrénale est en voie d'être guérie. Ses problèmes de respiration sont derrière lui. Il peut enfin reprendre son immunothérapie. Et il arrive bientôt au bout de son traitement aux corticoïdes qui métamorphose son visage.

137

Pendant plus d'un siècle, il semble que personne ne se soit occupé du caveau Mongrolle.

Toutes celles et tous ceux qui avaient connu Benoîte Chapelle et sa belle-famille étaient sans doute morts. À supposer que le plus jeune témoin de cette famille parisienne ait eu vingt ans en 1903, qu'il se soit occupé bénévolement de l'entretien de cette chapelle, il ou elle est probablement décédé au milieu du xxe siècle.

C'est pourquoi, au début des années 2000, cette chapelle était à l'abandon.

Un premier constat a été dressé le 16 mai 2008 : ce jour-là, une lettre officielle fut envoyée à la dernière adresse connue des héritiers Mongrolle. Personne n'y habitait plus.

Pour que la mairie récupère la propriété de ce caveau, il fallait ensuite attendre trois ans au minimum, puis adresser une seconde lettre, à laquelle personne ne répondrait.

Cet ultime courrier a été posté le 6 septembre 2012. Sans surprise, personne ne s'est manifesté. Un nouveau constat d'abandon a ainsi pu être rédigé.

138

Au printemps 2019, Benoît va de mieux en mieux. Son seul souci, et il paraît relativement dérisoire, ce sont ces taches blanches qui se sont multipliées sur le visage, puis sur ses mains.

Les médecins notent qu'il s'est probablement exposé au soleil alors qu'il n'aurait pas dû.

Je me souviens des casquettes qu'il portait pour se protéger des rayons de lumière. En riant, il me disait qu'il ressemblait à un panda.

Sur un compte rendu rédigé à la même époque, je lis que Benoît est « né à Paris » et qu'il « vit avec sa femme ». D'où viennent ces erreurs ? Est-ce lui qui a menti par omission ? Ou a-t-il inventé cette épouse car il n'était pas à l'aise avec sa vie privée ? Ou, de manière plus probable, est-ce qu'un médecin lui a demandé s'il vivait seul ? « Non » ; et là, je visualise des doigts sur un clavier d'ordinateur tapant mécaniquement : « Vit avec sa femme ».

Ces microscopiques erreurs sont copiées-collées d'un document à l'autre. Peu à peu, elles deviennent vérité. Traces. Pour les générations suivantes.

Benoît Brayer, titi parisien, vivait avec une femme.

Existe-t-il d'autres coquilles ? Des informations médicales qui restent hermétiques pour moi ? Sont-elles de la même importance que son lieu de naissance ? Comment tracer une frontière entre ce qui est essentiel et ce qui reste anecdotique ?

139

Désormais, la famille Mongrolle n'est plus sous protection.

Heureusement pour les six squelettes, la rénovation des chapelles coûte cher : le Père-Lachaise ne peut en prendre en charge que trois par an. Cette contrainte économique met un coup de frein à la procédure d'expulsion. Mais sept ans plus tard, le couperet tombe.

Le lendemain de la nuit du 4 août, c'est la fin pour le pâtissier en chef de l'Élysée, pour ses parents, pour son frère et sa belle-sœur, pour sa fille morte à quatre ans.

Tous les six sont exhumés, les uns après les autres. Leurs os sont déposés dans un reliquaire. Dans une même boîte. Désormais, il ne sera plus possible de savoir si tel os appartient à un des trois Pierre, à Joséphine, à Benoîte ou à Ambroisine.

À la fin de l'été, ce reliquaire est transporté au sud de Paris, à une quinzaine de kilomètres, dans le cimetière de Thiais.

Si un héritier Mongrolle se manifeste un jour, il pourra récupérer ces ossements. En revanche, il ne pourra pas exiger de revenir sur les terres de la petite chapelle, sur les deux mètres carrés qui avaient pourtant été achetés à perpétuité en 1850.

Au mieux, il pourrait décider de faire incinérer ses six aïeux. De déposer leurs cendres dans une urne commune. Puis me demander de la conserver aux côtés de Benoît.

140

L'évolution de sa tumeur sur la glande surrénale droite est de plus en plus encourageante : elle s'est réduite de plus de 90 %.

Il y a fort à parier qu'elle finira par disparaître.

Benoît est donc sur le point d'être sauvé. Son sexe, ses poumons, sa vertèbre, sa glande surrénale. Tout est désormais sous contrôle. Ou presque.

141

En juin 2019, trois nouvelles tumeurs apparaissent au niveau du dos. La première mesure vingt-cinq millimètres, les deux autres, douze. Elles sont donc minuscules. Mais on ne peut pas les opérer.

Aucun traitement n'est envisageable.

Benoît est condamné à attendre qu'elles prennent possession de son corps.

142

Benoît suspectait le chirurgien de la cimentoplastie d'être responsable de son cancer dans le dos. Ses trois tumeurs avaient en effet surgi sur le chemin qu'il avait emprunté pour soigner sa vertèbre. Comme s'il avait laissé des petits cailloux sur son passage.

143

Après cette expropriation en bonne et due forme, la chapelle a été rénovée.

Le nom des Mongrolle a été effacé. Les plaques qui avaient été scellées à l'intérieur du monument funéraire ont été détruites, ou du moins décrochées. Sur une photo d'époque, accessible sur Internet, je retrouve cette épitaphe :

ICI REPOSE EN PAIX
JOSÉPHINE ÉLISABETH FREROT,
ÉPOUSE DE PIERRE CHARLES MONGROLLE,
NÉE À PARIS, DÉCÉDÉE LE 10 SEPT^BRE^ 1850, À L'ÂGE DE 48 ANS.
ELLE FUT PENDANT 27 ANS LE MODÈLE DES ÉPOUSES ET DES MÈRES.
ELLE SUPPORTA UNE LONGUE ET CRUELLE MALADIE
AVEC LA PATIENCE ET LA RÉSIGNATION
QUE DONNE LA VÉRITABLE RELIGION.
SA PERTE EST LE PREMIER CHAGRIN QU'ELLE AIT CAUSÉ
À SON MARI, À SES DEUX FILS, À SA FAMILLE
ET À TOUTES LES PERSONNES QUI L'ONT CONNUE.
QUE SA BELLE ÂME REPOSE EN PAIX,
DU HAUT DU CÉLESTE SÉJOUR QU'ELLE DAIGNE VEILLER
SUR CEUX QU'ELLE LAISSE SUR LA TERRE.
PASSANTS PRIEZ DIEU POUR ELLE.

Ce livre est comme un tombeau, qui offre à ces mots une nouvelle perpétuité.

144

En juillet 2019, Benoît a reparlé du testament : « Mathieu, ça fait deux ans que je te le demande.

– Oui, oui. »

Dans ma tête, je refusais de tomber dans ce piège symbolique. La rédaction du testament aurait été un coup de poignard. Un poison qui l'aurait précipité dans la mort, j'en étais sûr. Je n'avais pas de problème financier. Je gagnais bien ma vie. Je possédais 70 % de l'appartement de la rue Pelleport. Depuis six mois, je n'acceptais plus aucun dossier d'avocat pour me consacrer à la présidence de la Société des gens de lettres qui m'octroyait un salaire de 2 200 euros nets par mois pour un mi-temps, ce qui était très confortable.

Je me projetais à ce poste pendant au moins quatre ans. C'est ce qu'on m'avait vendu quand on était venu me chercher, quand on m'avait convaincu de lâcher mes dossiers pour consacrer mon énergie à ce nouveau projet que je trouvais formidable.

La veille de ma nomination, Benoît a appris qu'il devait anticiper la fin. La situation était paradoxale, car il était physiquement en forme. Il faisait attention à son look, à son corps. Tout le monde le trouvait de plus en plus beau, de plus en plus élégant. J'avais effectivement conscience qu'il avait embelli depuis notre rencontre.

Je trouvais que c'était la classe absolue. C'est tellement simple d'être « beau » quand on est jeune. C'est tellement plus compliqué de commencer complexé, mal foutu, mal habillé, et d'apprendre au fur et à mesure à habiter son corps.

Benoît, donc, était au top de sa forme et on apprenait que tous ses membres allaient dégringoler les uns après les autres. Que tout allait pourrir, comme dans un jeu d'enfance, parce qu'on ne pouvait plus rien faire. « Oui, oui, je m'occuperai de prendre rendez-vous chez le notaire. » Une fois encore, je me suis abstenu.

Trois jours plus tard, Benoît a découvert une boule sur son dos. Le cancer assenait ses premiers coups.

Un journaliste de France Inter l'avait interviewé ce jour-là : « Benoît Brayer, vous êtes en pleine forme ! » Et c'était vrai : Benoît n'avait jamais été aussi souriant, aussi fier de tout ce qu'il avait accompli pour son festival.

La situation était irréelle. J'avais construit dans mon cerveau des labyrinthes entre le vrai et la fiction, entre le réel et le vraisemblable. Je me réfugiais dans des cavités imaginaires. J'étais un espion. La maladie ne me faisait pas peur car j'en avais fait une pâte à modeler. Un jeu de piste auquel je ne croyais pas. Sauf pour m'amuser parfois.

À l'issue du festival, nous sommes partis en vacances. Nous avons loué une voiture. Benoît a d'abord voulu qu'on passe chez ses parents. Puis nous sommes allés à quelques kilomètres, dans un village où son père avait travaillé ; il m'a montré l'usine. À midi, il m'a invité dans un restaurant qui avait compté pour lui. Je ne sais plus pourquoi ce lieu était important.

Ma mémoire tombe progressivement en lambeaux. Je me souviens de la table où nous étions installés l'un en face de l'autre. Je revois précisément nos corps, comme si nous étions deux éléments d'un décor. Benoît, qui n'avait jamais été très tactile, me touchait la main. Il l'effleurait. Il cherchait ses mots :

« Qu'est-ce que tu vas devenir ? » Dès qu'il a prononcé cette phrase, on s'est mis à pleurer.

On se consolait en tenant nos mains. Je ne pouvais pas répondre. J'ai le souvenir qu'on avait quitté le restaurant en titubant, c'était un midi. Comme si on était ivres. On était sonnés par sa question.

Il m'a ensuite montré la photo d'un de ses oncles et d'une de ses tantes qui avaient compté dans sa jeunesse. Pour la première fois, on accomplissait le pèlerinage de son enfance. Je ne connaissais presque rien de lui. De cette époque. Alors que lui connaissait tout de moi, ou en tout cas des pans importants. Car je les avais écrits, livre après livre.

Je ne me souviens plus précisément de ces vacances. Je n'ai conservé en tête que quelques flashs.

Nous avions passé une semaine à la campagne chez un couple d'amis. Le dernier soir, nous avions dîné tous les quatre dans le jardin. Il faisait doux.

À la fin du repas, nous avons eu une conversation orageuse sur le fait de photographier des morts : était-ce éthique ? La chaise de Benoît a mystérieusement craqué pendant cet échange. Elle s'est brisée en deux. Nous étions tous les trois paniqués autour de lui. Benoît essayait de minimiser ce qui venait de se passer. Oui, il avait mal au dos ; il s'était peut-être cassé quelque chose, mais ce n'était pas grave.

Le lendemain matin, nous sommes partis en voiture. Benoît conduisait. On rejoignait des amis plus loin. Dans une autre maison de campagne. Lorsque nous sommes arrivés là-bas, Benoît a continué de souffrir ; il avait de plus en plus mal, de plus en plus peur de s'être cassé quelque chose.

L'endroit le plus proche pour faire une radio se situait à Manosque, ville que je connaissais de réputation pour son festival littéraire.

C'est ici que nous avons découvert que Benoît ne s'était rien cassé. On était sortis déprimés de ce rendez-vous médical. Si Benoît ne s'était pas brisé, fêlé ou tordu quelque chose, c'est que le cancer était à l'œuvre. Peu à peu, en catimini, les métastases prenaient le contrôle sur son corps, devenu un territoire annexé. Pour l'instant, elles n'en étaient qu'aux prémisses. Leur pouvoir était manifestement immense.

145

À notre retour de vacances, Benoît a été admis dans un service de dermatologie à Cochin pour tenter de soulager ses douleurs. Nathalie R., une des médecins responsables de cette unité, était une femme directe, avec un grand sourire qui inspirait confiance.

La première fois qu'elle a vu Benoît, elle s'est assise sur le bord de son lit. Elle était chaleureuse. Elle le faisait rire. C'était réciproque.

À la fin du mois de septembre, Benoît organisait le salon du livre de la Fnac. Il avait prévu d'y être présent, quelles que soient les douleurs que cela entraînerait.

Je me souviens d'une de nos amies, illustratrice, avec qui nous avions déjeuné avant de nous rendre à l'inauguration de ce salon. Je la connaissais depuis un quart de siècle. Elle aimait beaucoup Benoît. Elle ignorait qu'il était malade. Lui marchait devant nous. Je me suis retrouvé quelques instants seul avec elle. Benoît m'avait interdit de parler de sa maladie. Il savait que le milieu littéraire était connecté au milieu musical. La moindre indiscrétion aurait pu se répandre comme une traînée de poudre dans tout son carnet d'adresses.

Gwen n'était pas qu'une illustratrice. Elle était aussi et surtout mon amie depuis longtemps. J'aimais partager des secrets avec elle. « Comment vas-tu ? » Elle a dû me poser cette question banale avec une forme de sincérité. Je me suis engouffré dedans. « Je peux te dire quelque chose sur Benoît ? Mais cela doit rester secret. » Je savais que je pouvais lui faire confiance. « Tu as un amant ? » J'ai éclaté de rire. J'aurais adoré lui faire une révélation aussi anodine. « Non : il va bientôt mourir. »

Ai-je été aussi direct ? Ou ai-je simplement dit qu'il avait un cancer ? Cette mini-conversation sur un bout de trottoir m'a fait un bien fou. Et en même temps, prononcer cette phrase, faire cette révélation, avait percé quelque chose en moi. Je me sentais libéré. Jeté dans le vide. Avec une envie de pleurer.

Annoncer la mort prochaine de Benoît, outre le fait que c'était sacrilège, rendait cet événement futur, plausible, concret. Ma tête tournait. Devant nous, Benoît se tenait droit. Il marchait avec davantage d'aisance qu'au mois d'août. Était-ce dû à sa volonté ? Aux antidouleurs ?

Pendant trois jours, il a dissimulé à tous les douleurs qui torturaient son dos. Il était fier d'avoir relevé ce défi qu'il s'était lancé à lui-même : être présent pour son dernier Fnac Livres.

Il voulait terminer en beauté.

146

Le soir de la clôture de ce festival, nous avons mangé devant la télévision.

Nous sommes tombés par hasard sur une émission diffusée sur M6 : une histoire de familles qui s'entredéchiraient après la mort d'un proche n'ayant pas rédigé de testament. À la fin du reportage, Benoît a ressorti son laïus : « Mathieu, c'est toi le juriste ; c'est à toi de t'en occuper. Je veux faire mon testament. »

C'est à ce moment-là que j'ai fait mon coming-out. Je lui ai expliqué pourquoi je ne voulais pas qu'il en rédige un : « Ça va t'angoisser. Tu n'as pas besoin de ça. Et moi, je n'ai pas besoin d'être, un jour, ton héritier ; ça ne changera rien.

– Au contraire. »

Et Benoît aussi a fait son coming-out. « Ne pas l'avoir rédigé m'angoisse. Je veux que tu sois mon héritier. On vit ensemble depuis quinze ans. Tu es mon mari. Écrire son testament n'a jamais tué personne. Il est vrai que ça me faisait peur à une époque. Me projeter dans la mort. La précipiter en écrivant mes dernières volontés. Mais maintenant j'ai changé. Si tu veux me ménager, occupe-toi de la partie administrative ; moi je n'en ai pas la force. »

Dès le lendemain, j'ai appelé mon notaire.

Je me souviens que j'étais dans la cuisine de notre appartement ; j'avais le sentiment de commettre un acte sacrilège. Pour autant, je ne pouvais plus reculer. Il fallait que je le fasse.

J'avais rencontré cet officier ministériel quand j'étais jeune avocat. Nous avions à peu près le même âge. Je me souviens que je l'avais trouvé séduisant lors de notre premier rendez-vous. Je ne l'avais jamais dragué (j'étais en couple ; il était hétéro ; et surtout j'étais timide).

Avec l'âge, comme moi, comme nous tous, il s'était embourgeoisé, empâté, il avait pris une certaine confiance en lui (j'ai toujours trouvé sexy ceux qui restaient en partie empêtrés dans leurs doutes ; cela permet de conserver une certaine tension, une certaine joie, un certain recul).

Nous étions donc, l'un et l'autre, séparés de quelques kilomètres, lui dans le XVIIe arrondissement ; moi rue Montorgueil. Nous avons échangé par téléphone. Cette conversation me libérait. Un peu comme si j'étais chez un psy. Chaque fois que je pouvais révéler la vérité, raconter que Benoît était malade, qu'il allait bientôt mourir, cela générait non pas des pics d'adrénaline, mais une pulsion de liberté. Une respiration après l'asphyxie. Pouvoir dire ce qui se passait dans ma tête. La peur de cette accélération. De la mort de Benoît qui devenait tangible, d'année en année, de saison en saison, de mois en mois.

J'essayais d'être concis, de ne pas sombrer dans le pathos, je parlais rapidement pour ne pas laisser de prise à mon interlocuteur, pour l'empêcher de me plaindre ou de prononcer un mot de réconfort : ce type d'échanges m'aurait paru paradoxalement trop difficile. Je parlais comme si j'avais appris par cœur un texte pour le théâtre qu'il fallait que je répète rapidement avant d'entrer sur scène.

Tant que j'étais seul pour réciter mon texte, la scène restait virtuelle. Elle ne s'incarnait pas dans la vraie vie. Elle n'était donc pas réelle. Pas totalement en tout cas.

Je me souviens que j'avais expliqué au notaire que Benoît avait un cancer, qu'il allait bientôt mourir, qu'on ne savait pas ce que ce mot « bientôt » pouvait signifier. Qu'il avait toujours eu peur de rédiger un testament, et peur de la mort tout court, qu'il ne se plaignait jamais. Qu'il avait parfois du mal à marcher. De plus en plus de mal. Mais qu'il ne voulait pas que ça se voie. C'était pour cela que je lui donnais toutes ces explications. Il ne fallait pas lui faire de remarques sur ses incapacités. Il fallait lui parler normalement. Garder une forme de légèreté. L'aspect juridique ne comptait pas vraiment ; je m'en foutais de devenir ou pas son héritier. Mais il fallait que, pour Benoît, tout se passe bien sur le plan psychologique.

En vérité, tout se brouille dans mon cerveau cinq ans plus tard. Si je suis honnête, je me souviens que je flippais un peu de ne pas oser parler à Benoît de ce testament qu'il n'avait toujours pas rédigé. Devoir négocier avec son père pour vendre ou louer notre appartement me fatiguait d'avance. Comme une cerise sur le gâteau. La maladie en entrée. La mort en plat de résistance. Et la succession en dessert.

L'ex-séduisant notaire me posait des questions : « Est-ce urgent ?

– Non. Pas du tout. Au contraire. Ce n'est pas urgent du tout. Benoît a du mal à se déplacer, mais il va très bien… C'est ça qui est étrange. Il va bientôt mourir, mais il est en pleine forme. Personne dans son équipe ne se doute de rien. Tout le monde pense que ce n'est qu'un petit pépin de santé qui l'oblige à s'absenter, à travailler de chez lui, un problème de dos.

– Très bien. »

Le notaire était sans doute habitué à ces digressions. Il savait que c'était un passage obligé. Il fallait simplement que cela ne dure pas trop longtemps, sinon le dossier ne serait plus rentable, surtout que la succession de Benoît serait sans doute modeste. Il possédait principalement les 30 % du deux-pièces que nous avions acquis ensemble, sur lequel un prêt courait encore.

« Détrompe-toi, m'avait dit Benoît. J'ai d'autres avoirs. J'ai toujours économisé. »

Et il esquissait un petit sourire fier de lui. À la manière d'un enfant qui me commenterait sa collection de calots dans la cour de l'école.

147

Le lendemain de mon coup de fil avec le notaire, Benoît m'a proposé de l'accompagner à une soirée. Il était invité à l'avant-première d'un film consacré à Charles Aznavour.

Jusqu'en 1982, le chanteur avait filmé ses proches avec une caméra qui lui avait été offerte par Édith Piaf. Quelques mois avant sa mort, son fils et un réalisateur ont commencé à dérusher ces images. Ils en ont fait un film.

Cette avant-première était programmée au cinéma l'Élysées Biarritz.

Il était loin le temps où Benoît refusait que je l'accompagne dans ses soirées professionnelles. Désormais, il voulait que je sois avec lui tout le temps. Il aurait presque pu m'embrasser à pleine bouche dans la rue. Il n'avait plus honte de notre couple.

Devant le cinéma, une femme s'est approchée de lui. Ils se sont fait la bise; puis elle m'a salué. Benoît ne savait plus bien qui c'était; moi non plus. C'est elle qui nous a donné un indice: c'était sa médecin depuis un mois. L'une des responsables de l'unité de dermatologie de Cochin. Et cela avait bouleversé Benoît. Qu'il y ait un tunnel entre ces deux mondes étanches qu'il n'avait jamais connectés: le monde professionnel, essentiellement musical, avec des paillettes, et le monde médical qui connaissait son corps dans les moindres recoins, qui savait qu'il allait bientôt mourir.

Dans la salle de cinéma, Benoît me murmurait : « J'adore cette femme… » Il ne le disait pas souvent. Il n'accordait pas sa confiance facilement. Pendant la séance, il essayait de se redresser pour voir qui l'accompagnait. C'était une avant-première. Toutes les personnes invitées venaient du même milieu. Il y avait nécessairement un lien, amical ou professionnel, entre sa médecin et une personne qu'il connaissait, au moins de vue ou de nom. Qui pouvait-elle connaître dans le monde de la musique ?

148

Quinze jours plus tard, le notaire nous a donné rendez-vous. Je me sentais mal à l'aise. Embourbé dans mes injonctions contradictoires. Je crois que c'était un jeudi. Je trouvais que Benoît était en pleine forme. Trop. Il marchait sans difficulté. J'avais peur que le notaire me prenne pour un mytho.

On attendait sur un petit canapé dans un couloir. Il est arrivé avec quelques minutes de retard. Souriant. Il avait pris du poids. Sa réussite financière ne le mettait pas en valeur. « Il ressemble à Christian Clavier », m'a glissé Benoît à l'oreille. Cette ressemblance l'inquiétait un peu.

On s'est assis autour d'une grande table ovale. Je trouvais le notaire moins brillant que d'habitude, moins pédagogue. J'étais aux aguets, tendu. J'avais insisté pour dire que nous venions rédiger nos testaments ensemble. En 2010, j'en avais écrit un, tout seul, avec les formules obligatoires, mais je voulais le reprendre. Le rédiger dans les règles de l'art. L'enregistrer chez un notaire, même si cela n'était pas obligatoire. Je voulais m'assurer que mon père ne pourrait pas contrôler mes écrits après ma mort, ça me semblait très important ; je ramenais la couverture à moi, je ne voulais surtout pas laisser penser qu'on venait d'abord et avant tout pour que Benoît dépose son testament. Cela était presque accessoire.

On savait tous les trois que je mentais. J'avais beau m'agiter, parler du droit moral sur mes œuvres potentielles, on savait tous que le vrai sujet était ailleurs, qu'il résidait dans ces masses qui se formaient autour de la colonne vertébrale de Benoît, lui faisant vivre le martyre, bien qu'il fût difficile de s'en rendre compte car il faisait semblant d'aller le mieux du monde.

Il se tenait bien droit, comme s'il était au-dessus de la mêlée ; et moi je jacassais, avec une certaine maladresse, pour qu'on ne comprenne pas la situation. La vraie. Pour ne pas mettre Benoît mal à l'aise.

Côte à côte, pour la dernière fois, nous avons apposé nos signatures sur nos testaments respectifs.

149

Le notaire, avec un grand sourire bonhomme, nous raccompagne à la porte.

Benoît ne le trouve pas sympathique : « Je l'ai trouvé vulgaire. » Mais il est soulagé. Et je suis soulagé qu'il le soit. Il ne se sent pas angoissé après avoir écrit ce testament. Le premier de sa vie. Au contraire. Il se sent serein. Tout est maintenant en ordre. Ce n'est pas parce qu'il a signé un testament qu'il est plus proche de la mort.

Le lendemain de cette signature, comme si le corps de Benoît avait attendu le dernier moment pour craquer, il est entré à l'hôpital. Et il n'en ressortira jamais.

Sauf une fois, pour une permission d'une nuit, celle où il tentera de boire sa dernière coupe de champagne. Le pire avait été cette scène, juste avant de se coucher, quand il avait voulu aller aux toilettes. Marcher lui était de plus en plus difficile. Il n'avait pas réussi à aller de la chambre jusqu'aux WC. À mi-chemin, il avait réalisé qu'il n'était plus autonome, qu'il ne le serait plus jamais.

J'avais proposé de lui apporter une bouteille de jus d'orange vide pour qu'il puisse uriner dans le lit. Cela l'avait terrifié. « Ne t'inquiète pas. Je pourrai la vider dans les toilettes. C'est du pipi. Ce n'est rien. » Il avait d'abord opposé un niet absolu. Puis j'avais accompli cette tâche et ça l'avait soulagé. Il se rendait compte que sa dignité n'en prenait pas un coup. Il suffisait de se dire, de se répéter, de malaxer cette vérité jusqu'à ce qu'elle pénètre dans nos cerveaux : ce n'est pas grave. Et ça avait marché. Ce n'est pas grave. On avait pu en rire. On savait que le pire viendrait plus tard. Qu'on était au seuil de la dégringolade. On se tenait la main en prenant de grandes respirations.

Dès le lendemain, il est retourné à l'hôpital. Et cette fois, pour de vrai, il ne reviendra plus jamais dans notre appartement.

Est-ce moi qui l'ai tué en acceptant de lui faire signer son testament ? Son corps aurait-il tenu le coup sans la rédaction de ce document administratif que nous avions repoussée pendant des années ? Qui pourrait m'apporter une réponse ? Un voyant ? Un médecin ? Un avocat ?

Pourrais-je organiser un procès fictif de la mort de Benoît ? Être dans le box des accusés ? Je rêve de faire de cette histoire un jeu. Pour dire « stop » quand je ne supporterai plus cette fiction.

150

« **L'ENCLOS.** Le premier festival de musique auquel j'ai assisté s'appelait Méli Mélo. J'avais 16, 17 ans. J'étais ébahi par l'idée de concentrer en un lieu des concerts, des performances, des plasticiens, des poètes… Une immense bulle de liberté et d'expression que je ne pouvais pas soupçonner existait. J'ai le souvenir d'un électrochoc. Les organisateurs ont mis dix ans à rembourser leur dette. J'en ai une plus grande à leur égard. »

151

En 2024, je suis allé dans la cathédrale de Sens où je devais animer un atelier d'écriture quelques jours plus tard.

Cette ville n'est pas anodine pour moi. J'y ai passé ma dernière année de maternelle et mon CP. À l'époque, mes parents habitaient encore ensemble. Ils vivaient plus ou moins en communauté. J'en garde des souvenirs lumineux.

C'est l'âge d'or de mon enfance.

Je n'étais jamais retourné dans cette commune de l'Yonne. Sauf trois fois. À l'adolescence (pour revoir mon amoureuse de maternelle). À quarante ans, avec Benoît (j'y étais allé « en pèlerinage » : je voulais retrouver mon école, qui avait brûlé). Et ce jour d'été, avec David, qui partage ma vie depuis presque deux ans.

En arrivant au fond de la cathédrale, j'ai eu un instant de surprise. De gêne. De joie. Je n'étais pas sûr que ce soit sa silhouette. Imaginer qu'elle puisse être ici par hasard me semblait hautement improbable. « Cassie ? » Elle s'est retournée.

Elle était accompagnée de son fils, que je n'avais jamais vu.

Le frère d'Ella.

152

Je cherche des indices sur les héritiers Mongrolle. J'y passe des heures. Je me blesse les yeux à scroller sur des documents scannés, écrits à la main, dans une calligraphie que je déchiffre mal.

Je découvre notamment que la dernière habitante de la petite chapelle, Benoîte, décédée en 1903, habitait au 41, rue des Martyrs, dans le même immeuble que son neveu, Louis Bédouin, un professeur de piano de trente-sept ans.

Peut-être vivaient-ils ensemble? Ils étaient en tout cas suffisamment proches pour que Louis signe son acte de décès. Il était donc probablement présent lors de l'inhumation devant la petite chapelle.

Après l'ajout du cercueil de sa tante, il restait trois places libres dans le caveau. Il aurait donc pu s'y glisser, lui aussi, mais il ne l'a pas fait. Nul ne sait quand il est mort. Sur le site de la Phonothèque nationale, il est simplement mentionné qu'il est né en 1866 et que sa date de décès est inconnue.

Il est l'auteur de quelques œuvres musicales, notamment *Chanson des Violettes* et *Marche en dentelles*, publiées en 1897. Une autre de ses partitions, plus ancienne, a été retrouvée grâce à la célèbre pianiste Nadia Boulanger.

153

La dernière chanson connue composée par Louis Bédouin a été publiée en 1903, l'année de la mort de sa tante.

Elle n'a pas été répertoriée dans la Phonothèque nationale. Elle aurait pu tomber dans l'oubli si un pianiste anglais aux 22 000 abonnés ne l'avait pas partagée sur sa page YouTube en avril 2020, quelques jours avant la mort d'Ella Toulouse.

Louis Bédouin avait-il composé *Sur les flots* à la mémoire de Benoîte Chapelle ? L'a-t-il jouée pour ses obsèques ? Ou avait-il le pressentiment qu'un siècle plus tard un homme, passionné par la mer, prendrait la place de sa tante ?

154

« **BORDÉ.** C'est sur le pont d'un ferry que j'ai vécu l'une de mes expériences les plus mystiques. Certains reçoivent l'appel de Dieu, moi j'ai reçu l'appel de la mer. Comme une énergie céleste parcourant mon corps de la tête vers les pieds, j'ai ressenti une force électrique à la vue de ce marin quittant seul le port de plaisance de La Rochelle sur son voilier blanc. Aussi intense qu'instantané et inattendu. Je voulais être cet homme.

J'ai tout appris, les allures, les marées, les manœuvres, les usages, les cartes, les courants, les compas, les amers, les bouées, les balises. Quatre ans après, je sais naviguer. »

155

À mon retour de Sens, j'ai décidé de lire *L'année de la pensée magique*, que Cassie m'avait offert en 2020.

Ce livre se déroule sur 365 jours, après la mort du mari de l'autrice. Dans l'ultime scène, Joan Didion évoque un collier de fleurs qu'elle a déposé dans une église à New York où est enterré son mari. Elle précise qu'elle a accompli ce geste le 25 décembre 2004, dans l'après-midi.

J'aime imaginer que c'était vers 17 heures. Si oui, quand elle a quitté cette cathédrale, il était 23 heures à Paris. Presque au même moment, je pénétrais dans une boîte de nuit. Benoît, que je ne connaissais pas encore, était accoudé au bar.

Comme un passage de témoin entre ces deux histoires de deuil.

156

Sur un carnet, je note scrupuleusement les variations de son poids.

94 kilos, en janvier 2018.

90 kilos, au début du printemps.

88 kilos, en juin.

87 kilos, en juillet.

Huit jours plus tard, il reprend un kilo. Le mois suivant, un autre. Trois semaines plus tard, encore un autre.

Était-il rassuré ou angoissé quand il grossissait ? Quand il maigrissait ? Pensait-il à son poids de forme ? À sa silhouette ? À sa survie ?

Au printemps 2019, il prend six kilos, comme s'il engrangeait des réserves. Puis il les perd. Dans un compte à rebours. Sa dernière chute : 93… 92… 91… 90… 88 kilos le 22 novembre 2019. C'est la dernière fois qu'il a été pesé. C'était presque son poids de forme. Sa dernière coquetterie.

Par la suite, il ne pourra plus monter sur une balance. Son corps n'était plus capable de tenir en position verticale.

157

Je n'avais aucune envie d'écrire sur Benoît.

Pendant nos quinze ans de vie commune, l'idée ne m'a jamais traversé l'esprit ; quand il est mort, c'est au contraire devenu une obsession. Néanmoins, je n'avais aucun désir de raconter notre histoire, de m'y appesantir. Je voulais trouver une autre manière de parler de lui. Un itinéraire bis.

J'ai d'abord imaginé un journal de confinement : écrire sur Benoît pendant le nombre de jours où nous serions enfermés. Puis j'ai voulu écrire sur l'homme que je n'avais pas connu : mener une enquête sur toutes les « zones d'ombre » de sa vie (et il y en avait beaucoup puisqu'il se confiait peu ; ses parents lui avaient appris le contraire de ce que les miens m'avaient inculqué. Ils lui avaient intimé : Ne pas se répandre. Ne pas s'exhiber. Ne pas montrer ses failles).

À propos de ce manuscrit, je changeais d'avis sans arrêt.

À chaque saison, j'avais un nouveau fil conducteur. Je décidais par exemple de mener une enquête sur la cause de son décès. De quoi était-il mort ? Pourrais-je identifier un responsable ? Un coupable ? Et puis, un jour, je me suis rendu compte que j'étais en train d'écrire un livre sur le deuil. Que s'était-il passé dans les premières semaines ? Les premiers mois ? La première année ? Cinq ans plus tard ?

J'étais stupéfait par le temps qui peu à peu nous séparait, de manière peut-être plus radicale que la mort. Je luttais pour conserver en mémoire son image, son odeur, sa voix, même si je savais, pour l'avoir vécu avec maman, qu'une partie de ce patrimoine allait s'effacer, qu'il en resterait simplement un souvenir. Comme une saveur sur le bout de la langue. Une odeur discrète.

158

« Quelles sont les options possibles ? »

Benoît venait de poser cette question à la docteure Nathalie R.

Il n'y en avait aucune. Sauf celle de l'intégrer dans un programme expérimental. Il en existait un, en lien avec le cancer du sein. Ce n'était pas celui de Benoît, mais Nathalie avait évoqué cette piste. Je pensais donc qu'elle n'était pas absurde. Elle avait tout de suite ajouté que Benoît ne pouvait pas y prétendre : les candidats avaient déjà été sélectionnés. Dans mon esprit, j'en déduisais que c'était un problème financier. Sans doute que le traitement, qui n'avait pas encore été mis sur le marché, coûtait une fortune. De combien parlait-on ? Étions-nous capables de financer ce projet ? D'habitude, je n'osais jamais ouvrir la bouche pour tout ce qui concernait la santé de Benoît ; je savais qu'il n'aimait pas. Il préférait tout contrôler. Et il le faisait plutôt bien depuis un quart de siècle. Mais là, je le sentais plus fragile, moins concentré ; il y avait peut-être une occasion à ne pas manquer. J'ai mis les pieds dans le plat. « Je sais que Benoît ne peut pas entrer dans le protocole, mais si néanmoins on voulait absolument qu'il y soit, ça coûterait combien ? Peut-être que ça n'apporterait rien à l'étude. Peut-être qu'il faudrait même gommer toutes les informations obtenues. Mais ce n'est pas grave. Combien est-ce que ça coûterait de produire quelques gélules de plus pour les tester sur lui ? On peut vendre notre appartement. On est propriétaires d'un deux-pièces dans le XXe arrondissement. »

La médecin et Benoît me regardaient comme si je dansais sur le rebord de la fenêtre. Ils entendaient mes paroles de l'au-delà. Je me concentrais sur leur visage. Je sentais que je n'avais pas dit ce qu'il fallait.

« Ça ne se passe pas comme ça », avait sobrement commenté Nathalie, dont Benoît était devenu archi-fan. Il avait attendu qu'elle quitte la chambre pour me passer un savon : « Je déteste les passe-droits ; tu le sais très bien. Tu m'as foutu la honte. Qu'est-ce que tu crois ? Qu'il suffit d'aligner un billet pour être soigné avant les autres ? » J'étais KO. C'était la première fois que la maladie provoquait une rupture affective entre nous. Il m'en voulait. Je l'avais heurté. Je ne comprenais pas ce que j'avais fait de mal. On n'avait plus le luxe d'être éthique, de penser aux principes. Surtout que je ne proposais pas qu'il prenne la place de quelqu'un d'autre. Juste de vendre notre appartement pour produire quelques pilules en plus, probablement excessivement chères, sans intégrer Benoît dans le programme officiel puisqu'il ne fallait surtout pas brouiller la méthode scientifique.

« Arrête, tu me fais honte », avait répété Benoît.

Je m'étais tu, regard plongé sur le bout de mes chaussures.

159

Dès le lendemain, Nathalie R. a contacté l'équipe en charge du traitement expérimental. Je ne sais pas comment elle a fait, mais elle a réussi à inclure Benoît dans le protocole.

Les pilules étaient fabriquées directement par la pharmacie de l'hôpital. Il fallait aller les chercher sur place. Je crois qu'elles étaient de couleur bleue dans un contenant blanc. On devait attendre le mois de janvier 2020 pour vérifier si elles avaient ou non un effet positif.

De nouveau, comme pour son cancer du poumon, comme pour ses métastases sur une vertèbre et dans l'aine, comme un an et deux ans plus tôt, j'ai repris espoir. Benoît aussi. Il avait un traitement. Et j'y croyais. Je n'avais jamais été aussi confiant.

C'était une course contre la montre : il fallait que ce traitement soit efficace ; il fallait que l'évolution des tumeurs qui se multipliaient dans son dos ne rende pas sa vie impossible, réellement impossible, qu'il ne cherche pas à se faire sauter la cervelle à cause de la douleur, malgré la morphine et d'autres composés qui tentaient de lui rendre la vie plus douce.

Et dans cette course contre la montre, l'un des médecins a eu une idée : peut-être, puisque la morphine n'était plus vraiment efficace, peut-être qu'il fallait opérer Benoît, pas pour le guérir, mais simplement pour soulager un peu la pression des tumeurs sur la colonne vertébrale. Oui, si on réussissait à libérer un peu la pression (il fallait peut-être couper la colonne vertébrale, je ne comprenais rien ; mon esprit papillonnait dès que tout cela devenait trop sensible, trop concret), Benoît aurait peut-être un peu moins mal.

Cette opération n'était pas sans risque. De toute façon, elle ne pouvait pas être réalisée à Cochin. Seul un chirurgien aux mains expertes de l'hôpital Pompidou pourrait s'en occuper. Benoît hésitait ; il avait peur de se faire charcuter. Il avait un pressentiment : « Il ne faut pas que j'aille dans l'hôpital où ta mère est morte. »

Nathalie, en qui il avait toute confiance, lui a proposé une solution. Elle lui a promis qu'il pourrait revenir ici quand il le souhaiterait. Là, il s'agissait simplement de faire un scanner complémentaire, de rencontrer l'équipe de Pompidou, d'en discuter avec elle. Benoît a fini par dire oui. Il savait que le transfert en ambulance serait douloureux.

160

À l'hôpital Georges-Pompidou, un jeune médecin a reçu Benoît dans un bureau en désordre.

Mon amoureux ne pouvait déjà plus se lever ni même s'asseoir. Il restait toute la journée en position allongée. Cela lui faisait mal. Il était à l'horizontale alors qu'on lui parlait assis ou debout.

Le jeune médecin marmonnait des bribes de phrases. Il préconisait l'opération, mais n'allait pas au bout de ses explications. Il ne présentait pas les avantages et les inconvénients de chaque alternative : opérer ou ne pas opérer. Il se contentait de dire : « Vous souffrez : cette opération vous soulagera peut-être. »

La question que Benoît se posait, qui était d'une simplicité enfantine, que le jeune médecin ne semblait pas entendre, c'était l'autre versant de la médaille. Est-ce que cette opération pourrait rendre la situation plus compliquée ? Plus douloureuse ? « Oui, bien sûr. » Alors. Alors on rêvait d'avoir un peu plus de pédagogie. De temps. On rêvait de savoir, de comprendre : selon quels critères était-il préférable de l'opérer ou de ne pas l'opérer ? Le jeune médecin n'en savait rien. Ou on lui faisait perdre son temps. Il continuait de marmonner dans sa barbe. Benoît, en position latérale, tordait son cou pour essayer d'apercevoir son visage. Ce n'était pas vraiment un bureau ; c'était presque un couloir. Une pièce par laquelle diverses personnes passaient comme dans un moulin. « Je vous laisse réfléchir », a conclu le jeune médecin.

On s'est retrouvés dans un couloir, un vrai couloir, avec des courants d'air. Benoît, qui décidait toujours de tout, qui n'aimait pas lâcher prise, qui détestait ne pas contrôler le cours des choses, Benoît pensait que, dans l'état où il était, le mieux consistait à me laisser choisir. « Est-ce que, à ton avis, il faut que je me fasse opérer ici, avec ce médecin sorti de la fac dont on ne comprend pas la moitié des phrases ? » On avait souri. J'étais paniqué. Quelle était la meilleure décision à prendre ? J'étais enclin, par nature, à faire confiance. Il fallait croire ce médecin. S'il préconisait cette opération, il fallait l'écouter, même si on ne comprenait pas pourquoi, même si cette intervention était en partie risquée.

Je crois, un peu comme dans un supermarché où il y a des promos, qu'il fallait prendre une décision le plus rapidement possible. Sinon, l'opportunité allait nous passer sous le nez. « Alors, vous la prenez cette opération ? Elle ne vous coûtera rien. Presque rien. » J'ai dit oui.

Avec le recul, je me dis que je me suis peut-être trompé ce jour-là.

Cette intervention a en effet constitué un palier dans l'histoire de sa maladie. L'état général de Benoît allait maintenant dégringoler.

161

De mémoire, Benoît avait une « mèche » dans le dos, comme un petit tuyau dont sortait du pus. Il fallait attendre que ça s'assèche pour qu'il puisse cicatriser. Cela pouvait prendre quelques jours. Et c'est là que les problèmes ont commencé ; ça ne cicatrisait pas. Au début, c'était normal. Puis, il fallait être patient, plus que d'habitude. Finalement, le dos de Benoît ressemblait à un champ de ruines. Alors, il a fallu le réopérer.

Je me souviens d'une opération (il y en a eu plusieurs, je n'arrive plus à les compter) qui s'était mal passée, plus mal que les autres. Benoît ne sortait pas du bloc opératoire. J'avais fini par débouler à l'hôpital car personne ne me répondait par téléphone ; j'étais probablement hystérique même si je me croyais très calme, très poli. Il était en salle de réveil. Mais pourquoi ne se réveillait-il pas ?

Deux heures plus tôt, dans notre appartement, rue Montorgueil, j'avais pleuré pour la première fois depuis longtemps. Je venais de comprendre qu'il allait mourir.

162

« **PROMISCUITÉ.** Je suis arrivé à Paris en janvier 1995. Je réalisais enfin mon rêve. Je ne connaissais strictement personne.

Aujourd'hui, il est rare que je puisse me promener dans la ville sans rencontrer une personne que je connais. Ça me procure à chaque fois un vertige délicieux. »

163

Benoît est resté deux mois à l'hôpital Georges-Pompidou. J'associe cette période à la grève des Gilets jaunes. Je passais ma journée dans des taxis.

Je me souviens d'un chauffeur que j'avais essayé de draguer, de manière microscopique. Je lui posais des questions sur son ancienne vie de sportif. Il avait une voix douce. Je regardais les voitures à l'arrêt sur le périph ; ça me faisait du bien.

164

À cette époque, je tenais un journal d'hospitalisation. Après la mort de Benoît, je n'ai pas osé l'ouvrir. Puis je l'ai perdu, probablement en Italie, au cours de vacances partagées avec David.

Depuis, ma mémoire a effacé la plupart des scènes à l'hôpital Georges-Pompidou.

165

Néanmoins, je me souviens d'une image.

La porte de sa chambre est ouverte. À l'intérieur, il y a du monde. On ne me laisse pas entrer tout de suite. Il y a eu un problème grave : il ne peut plus parler. Je ne comprends pas tout. Des hommes et des femmes sont autour de son lit. Eux non plus ne comprennent pas la situation. Il ne faut pas les déranger ; ils cherchent à trouver une solution.

Depuis quelques jours, il fallait, avec une petite bouteille, extraire le pus (ou un liquide) qui suintait du dos de Benoît. Une infirmière avait appuyé sur un bouton, comme elle le faisait tous les jours, avec ce tuyau qui faisait le lien entre son corps et cette bonbonne. En écrivant, cinq ans plus tard, sans aucune expertise médicale, avec l'émotion qui reste à vif, j'ai tout à fait conscience que je dis des choses erronées. Je ne fais pas un cours de médecine. Ni un cours d'éthique. Je ne suis pas journaliste. Mon témoignage est sans valeur. Effrité. Il ressemble à une feuille trempée dans de l'eau. J'essaye d'en récupérer quelques extraits même si le texte n'est plus visible. Je suis muet devant mes souvenirs.

On m'avait laissé seul avec Benoît qui ne parlait plus. Il avait perdu l'usage des mots. Comme ça, sans prévenir.

Cette situation me paraissait absurde, injuste. Je me sentais abandonné. Propulsé sur une planète, en dehors de notre système solaire. J'essayais d'aller à la pêche aux infos. Je comprenais que quelque chose d'étrange s'était produit.

166

C'est le chirurgien qui a compris en premier ce qui s'était passé.

Je lui avais apporté les bribes que j'avais entendues la veille, des bruits de couloir. Et lui, il avait reconstitué le film. J'avais notamment mentionné un détail, qui me semblait anodin, une lumière s'était allumée dans son regard. Il était furieux. Je l'entendais dans ses silences. Il a quitté la pièce.

Il est revenu me voir, plus tard, il s'est excusé pour cette erreur, une erreur médicale comme il en arrive parfois. L'infirmière qui était venue la veille, celle qui devait appuyer sur le bouton pour extraire le liquide qui gouttait inlassablement du dos de Benoît, cette femme s'était trompée. Elle avait appuyé sur « in » ou sur « off », sur la mauvaise position, celle qui était à proscrire. Elle n'avait donc pas extrait le liquide du dos de Benoît, mais elle avait directement puisé dans un liquide plus ancien, plus profond, au cœur de son cerveau. Le liquide séminal. Ce n'est pas le bon terme. Mais c'est le liquide premier, presque amniotique. En l'aspirant, elle avait déréglé le cerveau de Benoît ; elle lui avait cloué le bec. Il ne pourrait plus jamais parler. Sauf si son état évoluait de manière favorable. Ce qui n'était pas impossible.

Et c'est ce qui s'est passé : deux ou trois jours plus tard, il est sorti de sa torpeur. Ses lèvres, sa langue ont reformé des mots. Il revenait dans le monde commun. J'avais fait le deuil de sa voix. Et de nouveau, je l'entendais intelligiblement. J'avais tant de choses encore à lui dire. Tant de choses que je voulais entendre.

Il était épuisé. Il a dû se reposer. Pendant quelques heures ou quelques jours. Puis il m'a raconté ce qui s'était passé. Ce dont il se souvenait.

167

Les médecins de Pompidou étaient impuissants.

Ils n'avaient plus aucun espoir : son dos ne cicatriserait pas.

Benoît est revenu à l'hôpital Cochin. Là-bas, pour la première fois de sa vie, il a accepté de recevoir une psychologue.

Dans l'après-midi, il me confie : « C'est fou, le bien que ça m'a fait. Pourquoi n'y ai-je pas pensé plus tôt ? »

Il évoque un tremblement de terre dans sa vie.

168

En janvier 2020, Benoît a été transféré dans un centre de soins palliatifs.

Quelques jours plus tard, il a fait porter à sa mère quatre-vingts roses rouges pour son anniversaire.

169

« **L'IDOLE.** J'observais les jambes lisses et mates de ma mère sous la table de la cuisine lorsqu'elle tapait à la machine. Quand je remontais à la surface, je la voyais avec une cigarette au coin des lèvres, un œil presque fermé pour éviter la fumée, une petite grimace de travers sur le visage. Avec son foulard dans les cheveux, elle ressemblait à Romy Schneider. Je la trouvais d'une beauté ahurissante. »

170

Après la mort de son fils, ma belle-mère a décidé de faire la grève des médecins, de ne plus en voir aucun. Sans en informer personne. Pas même son mari.

Quatre ans plus tard, elle est tombée et a dû être hospitalisée. On lui a alors diagnostiqué un cancer généralisé, à un stade très avancé.

Le dimanche qui a suivi cette annonce, on s'est retrouvés dans sa chambre d'hôpital, avec mon beau-père, les deux frères de Benoît et sa belle-sœur. C'est elle, je crois, qui a proposé de chanter, tous ensemble, *Une chanson douce*.

Ma belle-mère, qui avait été chanteuse d'opéra, a puisé dans ses dernières forces pour chanter. Son cou se relevait. Ses lèvres bougeaient. On découvrait les paroles au fur et à mesure sur nos téléphones portables.

Une chanson douce
Que me chantait ma maman
[...]
Cette chanson douce
Je veux la chanter aussi
Pour toi, ô ma douce,
Jusqu'à la fin de ma vie.

Louise est décédée le mardi suivant.
Ce fut son dernier chant.

171

« **MACROSILLON.** Les disques ont constitué mes plus grands amis d'enfance. Je passais des heures et des jours en leur compagnie, à les écouter, à en étudier chaque pochette, chaque crédit. J'en connaissais chaque note, chaque chanson, chaque instrument, chaque recoin. Les disques m'ont sauvé, la musique m'a sauvé. Elle m'a offert un terrain d'expression émotionnelle qui n'avait pas sa place dans la vraie vie. »

172

Grâce à un site de généalogie, j'ai pu entrer en contact avec un membre éloigné de la famille Mongrolle.

Pendant notre conversation, il a mentionné que sa famille avait des racines en Picardie, là où avait grandi Benoît. Soudain je me suis demandé s'il pouvait exister un lien, même ténu, entre mon amoureux et les premiers occupants de la petite chapelle.

Après quelques semaines de recherche, cet homme m'a adressé un arbre généalogique qui remonte au XVIIe siècle. On y découvre que Benoît et les Mongrolle sont effectivement connectés par les liens du sang et du mariage.

173

Quelques jours avant de terminer ce manuscrit, j'ai retrouvé le carnet beige que je croyais avoir perdu en Italie.

J-60. Benoît me demande de conserver une trace écrite de ce que nous sommes en train de vivre.

J-58. Sa cicatrice dans le dos mesure trente centimètres.

J-56. On mange une tarte à la rhubarbe.

J-54. Benoît devait être opéré jeudi ; il n'a pas pu à cause des grèves.

J-52. Avec ma chaise, je me recule, fais tomber le Redon (bonbonne de plastique contenant du sang). Le tuyau s'est désolidarisé. Benoît me dit : « C'est urgent. Il ne faut pas qu'il se vide de son sang. » [...]

Une femme avec une charlotte sur la tête dans la pièce à côté regarde une vidéo. Elle est probablement en pause. Elle me dit de chercher l'infirmière. Je cours. N'en vois pas. Panique un peu. Je tourne à droite. Retourne voir la femme à la charlotte. Je crie : « Il y a urgence : ça gicle ! »

Un peu plus tard, elle me dira : « On aurait cru que vous aviez vu un fantôme. Je craignais que ce soit la carotide. Pour moi, c'est ce à quoi je pense quand on me dit *le sang gicle.* » Elle rit.

Elle entre dans sa chambre. Elle me demande de l'aide : « Monsieur, vous pouvez pincer avec vos doigts ? » Deux morceaux de plastique. Il ne faut pas tomber dans les pommes. Benoît a peur pour moi. Elle va chercher une infirmière. Je sens le sang qui bat dans le tuyau. Je regarde ailleurs. Une infirmière arrive. Du sang partout. Je sors. J'ai peur d'avoir gâché l'opération, que la cicatrice s'infecte.

J-51. Benoît me dit qu'il a de la fièvre. [...] On s'embrasse avec la langue, ce qu'on refait parfois depuis qu'il est à l'hôpital.

J-50. Ce matin, Benoît va mieux. [...] On passe le voir avec Kinga ; elle pleure. Ça le touche.

J-48. Lit trempé. Il espère avoir pissé, que ce n'est pas sa cicatrice qui coule. Il essaye de reconnaître l'odeur. Il me dit : « C'est une odeur âcre. »

J-47. Il dit à la diététicienne : « Donnez-moi de la confiture, sinon je meurs. »

J-42. Il aura une IRM, pour savoir si la dure-mère s'est fissurée, ce qui semble peu probable car il n'a pas de migraine. Je dis « durite » au lieu de « dure-mère ». Benoît a une crise de fou rire.

J-41. Hier, on passe notre première nuit à l'hôpital. Benoît a de nouveau très mal à la jambe. « Qu'est-ce qu'on va faire ? On va me l'enlever ?

– Quoi ?

– Ma jambe. Comme le fils Depardieu. Sa jambe lui faisait horriblement mal. C'était insupportable. Il a demandé qu'on la coupe. »

Benoît me prend dans ses bras pour s'endormir. Il tremble. Je me sens bien.

J-38. Ce matin, en me réveillant, je constate qu'il a une plaque marron sur la fesse. Je n'ose pas le lui dire. [...] Hier, il a beaucoup dormi. Il était un peu confus.

J-37. Le pansement a beaucoup coulé. […] Le chirurgien propose d'attendre. Ils vont lui mettre de la colle sur toute la cicatrice. […]

J-35. Il me demande mes vœux. […] Il pleut. […] Pas envie de dire « Bonne année », ça me déprime. J'ai l'impression de me cracher dessus.

J-33. Benoît a très mal au flanc. Ça l'empêche de respirer. […] Soirée joyeuse. Son pansement ne coule pas. […] On regarde *Grâce à Dieu*. Je pars à minuit. Monte dans un bus. Me gave de chocolat à la maison.

J-32. On regarde le début de *Roubaix*. On s'arrête au milieu. Benoît a très mal à la jambe et à la hanche. L'infirmier a fait un nœud noir à l'endroit où ça a coulé. On croirait un cœur. […] Il essaye de se lever. Perd connaissance. […] Ses mollets sont tout petits.

J-31. On passe la nuit ensemble. Il n'a pas envie de regarder un film. Je vais à plusieurs reprises dans le lit avec lui. Le lendemain, il regrette d'avoir dormi, de ne pas avoir pleinement profité de ces câlins. […] Je me gave de chocolat. De gras. Je grossis. […] Il fait une série de petits pets. On n'entend quasiment rien. Au début, il dit « Pardon ». Il a peur que je le quitte. « Est-ce que tu supporteras de vivre avec un handicapé ? »

J-29. Demain, examen à Pompidou pour vérifier si le traitement expérimental a fonctionné. […] Suis nerveux. Je me gratte à côté de lui dans le lit. Il me demande si j'ai de l'eczéma.

J-28. Benoît n'a plus d'érection : frustration et grande tristesse. Moi, j'ai l'impression que je peux parfois hiberner ; il me touche le bout des seins, c'est agréable. Il rêve d'aller dehors sur une chaise. Sentir l'air.

J-27. Le scanner n'est pas bon. Des tumeurs qui se développent. Dans le dos mais aussi au niveau du bassin. Sur les ganglions. […] On lui fait une biopsie pour contrôler un point bleu sur son pied. Il a une mycose au sexe, dans la bouche, sur l'aine. La cicatrice ne se consolide pas. Il faut le réopérer. Il est parti au bloc à midi. Quand il raconte ces derniers rebondissements à ses parents, je dîne en face de lui. Je fonds en larmes. Il me fait un signe pour que je mette ma tête sur son épaule pendant qu'il leur parle.

J-26. Je lui achète des fruits près de la rue Saint-Paul : deux Pink Lady, une poire, deux oranges, quatre mandarines. Puis je passe au parking pour prolonger de trois mois l'abonnement pour sa moto. Je n'ose pas dire que je suis son mari.

J-25. Benoît ne comprend pas que je puisse contester la véracité de cette histoire : « Tu étais à l'École du lingot. Tu devais en apporter et prendre des cours d'autonomie. Il ne fallait pas que tu sois en retard. »

J-24. Il y avait effectivement une petite fissure de la dure-mère quasi invisible. Le chirurgien l'a ressoudée. Il pense que l'écoulement ne vient pas de là, mais des tumeurs qui rendent de l'eau et qui nécrosent.

J-21. Je reconnais sa voix. Il parle. Je suis euphorique. Je lui explique ce qui s'est passé. « C'est pas vrai ? » Pendant vingt minutes, il pense que je le fais marcher. Ça semble le traumatiser. Il finit par me dire : « Je sais ce qui s'est passé. »

Lundi après-midi, il a dit à une infirmière, par rapport au changement du Redon : « Il ne faut pas que ce soit aspiratif » (une aiguille). Elle n'en a fait qu'à sa tête.

« J'ai cru que mon crâne allait exploser. Mes jambes se sont tendues d'un coup. Comme dans un dessin animé. J'ai pleuré. »

J-20. Il va mieux mais problèmes d'élocution, difficultés pour trouver ses mots, suivre sa pensée. Il pianote de manière absurde sur son téléphone portable de sa main gauche. Ses doigts sont crochus comme ceux d'un vieux. Il dit : « Ma messagerie a un problème […]. »

Le chirurgien est clair : l'infirmière a commis une erreur médicale. Je lui dis qu'elle ne doit plus jamais entrer dans la chambre de Benoît. Il va faire remonter l'info. [...] Benoît ronfle. C'est rare. Dans la nuit, il me prend la main. On se réveille avec les petits doigts liés [...].

J-19. Benoît parle beaucoup mieux. [...] Des souvenirs lui reviennent. Quand il pleurait, il a entendu l'infirmière dire: « Moi aussi je pleure. » Elle est jeune. 25 ans ou moins. Cheveux bruns. Longs. Des lunettes. Mince. Il me dit: « Avec le temps, je ne pourrai pas la reconnaître [...]. » Il a du mal à respirer quand il parle.

J-17. L'infirmière fautive est revenue dans sa chambre. Elle lui avoue que c'est elle qui a commis l'erreur. Elle lui demande pardon. Benoît accepte qu'elle pratique un soin sur son dos. Cette scène me bouleverse. On fond en larmes tous les trois [...].

Je m'aperçois hier que ses bras deviennent tout petits. Il a arrêté tout seul le traitement expérimental. Glycémie en baisse. Je m'assois sur le rebord du lit trop vivement. Ça le fait souffrir. Je sais qu'il va mourir. Il me demande d'apporter une enveloppe et du papier. Il veut noter tous ses codes pour que je puisse avoir accès à tout après sa mort.

J-16. Il doit maintenant faire dans son lit. Il fera deux petites crottes de lapin après avoir subi un lavement. Quand il pète on croirait qu'on frappe à la porte. [...] Je pars vers 14 h 30. [...] Ce matin, Benoît pleure au téléphone. Il souffre. [...] Il dit: « J'aimerais qu'on me coupe la jambe. Je sais que je vais mourir dans deux ou trois semaines. D'ici là, je veux qu'on me bourre de toutes les drogues qui existent. »

J-14. Son ventre énorme. Il a une couche. Il dit: « Elle aime me caresser les fesses. »

J-12. Il est interdit de lui apporter des fleurs.

J-8. Pendant que Benoît quitte sa chambre de l'hôpital Cochin, une aide-soignante fond en larmes et me prend dans ses bras.

J-3. Benoît se réveille en forme.

J-2. Petit déjeuner gargantuesque. Il ne mange pas tout. S'endort pour être en forme à l'arrivée de ses parents.

Une femme entre. Elle semble inquiète par le peu d'urines de Benoît. Je vérifie : c'est un des signes qui annoncent la mort. J'en parle au médecin. Il s'est fait couper les cheveux. Il a l'air pressé, pas très inquiet [...]. Benoît ouvre un œil. Il me dit : « Je n'arrête pas de rêver de toi. On est en voyage. J'ai peur qu'on m'interdise de rêver.

– Pourquoi on t'interdirait de rêver ? »

J'ai la réponse en formulant ma question.

J-1. Benoît va mieux selon le médecin ; je suis presque « déçu ». Il ne faut pas le sédater : « C'est exceptionnel. » [...] Douche à la maison [...]. Retour vers 18 h 30 [...]. Le médecin me dit : « Il ne faut pas être tout le temps dans la chambre avec lui. »

Ce sont les derniers mots du carnet.

174

Vingt-quatre heures après son décès, une scène m'est revenue en mémoire.

Nous étions tous les deux dans une voiture, avec ma tante Marie-Laure. Elle conduisait. Benoît était à la place du mort. J'étais à l'arrière. J'apercevais leur visage dans le rétroviseur. Une playlist diffusait, dans un ordre aléatoire, des titres qui avaient été présélectionnés par ma tante. À un moment, Benoît a dit, avec un grand sourire : « J'aimerais que cette chanson passe à mon enterrement. »

Or je ne me souvenais pas du titre de cette chanson ni du nom de son interprète. J'avais le sentiment affreux que j'allais gâcher ses obsèques. J'espérais une forme de miracle. Que le titre allait revenir dans mon cerveau comme un boomerang. En vain.

J'ai fini par appeler ma tante. Comme Benoît, elle est une passionnée de musique. Ils avaient souvent les mêmes goûts. Les mêmes coups de cœur. « Marie-Laure, quel est le titre de la chanson que Benoît voulait qu'on diffuse à son enterrement ? Il nous en avait parlé dans une voiture, en Normandie.

– Ne m'en parle pas. J'en suis malade. J'y pense depuis ce matin. Je culpabilise de ne pas m'en souvenir. J'espérais que tu ne me poserais pas la question. »

Heureusement, Benoît n'était pas là pour nous écouter. Pour savoir qu'on avait failli à notre mission, lui qui avait consacré sa vie à la musique : ne pas être capables de diffuser la seule chanson qu'il avait commandée pour ses obsèques.

Je me consolais avec l'idée que, dans tout deuil, il faut accepter les regrets. Tout ce qu'on a raté définitivement. C'est un ingrédient de l'expérience post mortem dont personne ne peut faire l'économie.

La veille de la cérémonie, mon corps faisait des choses étranges. La couleur de ma peau n'arrêtait pas de changer. J'avais des allergies à répétition. Une autre de mes tantes, Caroline, m'a accompagné dans une pharmacie pour que j'achète des antihistaminiques. Pendant qu'on faisait la queue, j'ai partagé mon sentiment de culpabilité : « Je ne me souviens pas de la chanson que Benoît voulait qu'on diffuse à son enterrement.

– Mon chéri, je ne pourrais pas t'aider : je suis nulle en musique. Tu en as parlé à Marie-Laure ?

– Oui, mais elle ne s'en souvient pas non plus. »

Un quart d'heure plus tard, Caroline s'est arrêtée sur le trottoir. Elle venait d'avoir un flash : « Je me souviens qu'un jour vous étiez venus dîner tous les trois en Normandie. En sortant de la voiture, vous étiez excités parce que vous veniez d'écouter un chanteur libanais à la voix incroyable. »

J'ai immédiatement appelé Marie-Laure : « Un chanteur libanais, ça te dit quelque chose ?

– Tamino ! Il est belge, d'origine égyptienne et libanaise. C'est lui, j'en suis sûre. »

Le lendemain, à 10 heures du matin, le cercueil de Benoît, porté par huit de ses amis, est entré sous la coupole du Père-Lachaise au son d'*Habibi*, qui veut dire « Mon chéri » en arabe. Et j'ai souri à Marie-Laure qui me tenait dans ses bras.

Arbre généalogique
qui relie Pierre à Benoît

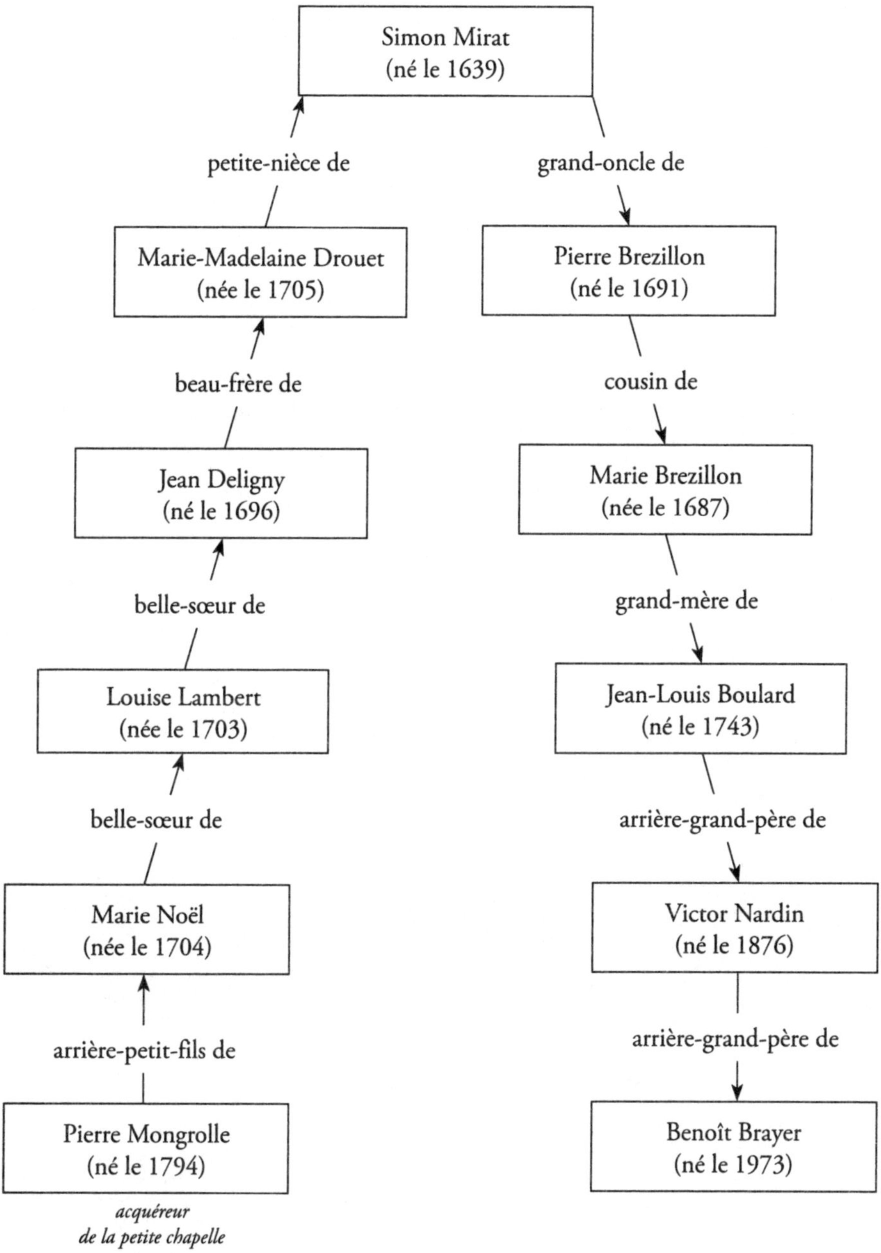

Liste des personnages

(par ordre d'apparition)

Jonas Dagorn, écrivain, décédé le 28 mai 2024
Baptiste Firmin, chroniqueur sur Vivre FM
Pascale André, maman
Lucie Cros, la filleule de Benoît
Élodie Garamond, qui m'a offert tous les droits pendant un an
Mona R., qui m'accompagne dans les étapes importantes
Sandrine Delaune, l'amie fidèle
Cathy Cuny, sans qui le prix *Benoît Brayer* n'existerait pas
François Cros, l'amoureux de Béa
Thomas Boudrant, le grand ami
Fatiha Ginet, l'aide-soignante du dernier souffle
Tatiana Manaienkoff, l'infirmière qui était aussi présente
Dorit Voitel, la médecin-ballerine
René de Ceccatty, le premier éditeur
Pierre Verdrager, le sociologue
Son père, l'éternel amoureux
Mon père, qui m'a appris à écrire
Colombe & **Loup**, devenus grands
Jacques Boutault, le maire du IIe arrondissement de Paris
Anne-Sarah Kertudo, l'amie d'enfance

Catherine Lalanne & **Renaud de La Vaissière**, les hôtes de la résidence
Louise Firmin, chanteuse d'opéra
Céline Cerf-Turion, la psychologue
Jacques André, condamné à l'âge de seize ans pour propagande gaulliste
Micheline Guillot, invitée à Londres en novembre 1944
Fleurette, la mère de Michèle
R.X., mon parrain dont l'urne repose à l'extrême droite de ma mère
Caroline Ferrero, qui me ressemble
Laure Buquet, spécialiste de la législation funéraire napoléonienne
Manu Saussol, la chanteuse du groupe La Fille
Christophe Girard, l'inventeur de la Nuit blanche
Benoît Gallot, le photographe du cimetière
Alexis M., l'invité qui a sacrifié sa place
Marie-Laure André-Novak, sculptrice
Philippe Lopez & **Hélène Rouby**, les baby-sitters de Benoît
Patrick Brayer, le frère aîné
Thierry Brayer, le frère cadet
Sébastien Laugénie, qui a perdu son père
Nathalie Franck, qui a aussi perdu son père
Ednane Ziane, auteur de bandes dessinées
Kinga Nowakowska, avec qui j'aurais aimé avoir un enfant
Fabien Vernant, l'ami de maternelle
R., l'amour d'enfance
Carole Amy, la femme de sa vie
Pierre R., le premier pianiste
Sandra Gardelle, la complice
Françoise, la mère de Sophie
Gaëlle Jaouen, la fille de René et Nicole

Marie-Françoise Avril, l'experte du mélanome
Fanny Serain, dont le père aimait le foot
Frédéric K., le chirurgien inventif
Valérie Houbart, rencontrée à Tanger
Frédéric R., qui a reçu un « Bon pour un baiser »
Christian Fernandez, Vincent
Nicolas, le meilleur ami
Ella Toulouse, l'artiste
Cassie Toulouse, la mère
Jean-Baptiste Toulouse, le père
Johan, l'interne
Julien, le pharmacien
Anne-Sophie Grimonpont, l'orpheline
Vincent Josse, l'orphelin
Arthur Dreyfus, qui a traversé le plus petit pont de Paris en douze heures
Nicolas Foureur, le dermatologue
Pascale Santi, la journaliste du *Monde*
Stéphane Lavoué, le photographe du *Royaume*
Béatrice Cros, la grenade
Tartine, la tortue
Danièle Kertudo, la petite-fille du sculpteur Georges Guyot
Eden Ducourant, l'artiste des fleurs
Denis Dailleux, le pair
David Eloy, l'homme qui me rend heureux
Les inconnus de la photo, Julien Faustino, Magali Favreau, Laurent Lorcet, Connie Delume, Lara Scheidt, Boris Vedel, Salomé Hurel, Julie Rousselet & M. R.
Christophe Bizet & **Frédéric Bottary**, les amoureux
Marius Petit, sculpteur aux Arts déco
Georges, le frère d'Ella, de Zoé et de Paul
Philippe Sear, le pianiste anglais
Louis Bédouin, le neveu de Benoîte Chapelle

Bruno Gogel, le généalogiste
Yvette Kaniki, l'ambassadrice de la « juste proximité »
Les porteurs du cercueil, François, Thomas, Fabien, Sébastien, Julien, Philippe, Damien & Loïc

Le cycle du deuil

Étapes	**Modèle de Kübler-Ross**	**Modèle du *Grain de beauté***	**Votre modèle**
1	Déni*	Micro-folies	
2	Colère	Hibernation	
3	Marchandage	Mélancolie	
4	Dépression	Électrochoc	
5	Acceptation	Liberté du deuil	

*Souvent, on y ajoute une étape préalable : « le choc »

Note de l'auteur

Ce livre a un statut hybride. Les informations que je donne (sur un plan historique ou médical notamment) comportent probablement des erreurs puisque je ne suis pas un spécialiste de ces disciplines. Bien sûr, j'ai essayé de me documenter. De comprendre. Mais ce n'était pas l'objectif premier de ce livre. Il est donc important de ne pas prendre au pied de la lettre toutes les informations qui y sont contenues. De même, j'ai pu, pour de multiples raisons, travestir la réalité, parfois à la demande de celles et de ceux dont je me suis inspiré. Et puis, comme un photographe qui manipulerait la réalité, avec un cadrage qui ne serait pas objectif, j'ai moi aussi usé de ce stratagème. Car mon ambition première n'est pas d'être juste avec les faits, mais simplement de raconter des histoires.

Précisions

L'œuvre de Louis Bédouin conservée grâce à Nadia Boulanger a pour titre : *Litanies du Sacré-Cœur de Jésus* (1890).

La loi du 3 janvier 1924 (promulguée plus de vingt ans après la mort de Benoîte Chapelle) a autorisé les communes, de manière rétroactive, à reprendre des concessions perpétuelles à l'abandon.

La date de « -70 000 ans », mentionnée en page 72, est évoquée dans un podcast que j'ai écouté. Or, selon le Muséum national d'histoire naturelle : « Les premières sépultures attestées datent d'au moins 100 000 ans. »

Les plantations du cimetière sont autorisées mais ne doivent pas dépasser deux mètres (le figuier mesure aujourd'hui moins de cinquante centimètres !).

Pour aller plus loin

À lire

Le deuil, histoire, règlements, usages, modes d'autrefois et d'aujourd'hui, de J. Marquerie, édition de 1877 (Hachette Livre, BNF)

Les derniers instants de la vie, d'Elisabeth Kübler-Ross, 1969 (Labor et Fides, traduction de 1975 de Cosette Jubert et Étienne de Peyer)

L'année de la pensée magique, de Joan Didion, 2005 (Grasset, traduction de 2007 de Pierre Demarty)

Médecine narrative, rendre hommage aux histoires de maladies, de Rita Charon, 2006 (Sipayat, traduction de 2015 sous la direction de la docteure Anne Fourreau)

La vie secrète d'un cimetière, de Benoît Gallot, 2022 (Les Arènes)

Les fantômes du médecin, thèse présentée pour le diplôme de docteur en médecine par Sacha Fullenbaum (Santé, Sorbonne Université), sous la direction du professeur Philippe Cornet, 2025

À écouter

Chantons sous la nuit (France Inter, émission produite par Arthur Dreyfus) : les chroniques musicales de Benoît Brayer & Joseph Truflandier (de septembre 2011 à juin 2012)

Comment bien vivre le deuil? (France Inter, *Sous le soleil de Platon*, de Charles Pépin, 28 décembre 2023, avec Alain Sauteraud)

Au-delà du deuil (France Inter, *Interception*, d'Olivia Müller, 27 octobre 2024, avec Christophe Fauré, Léo et Mathilde)

Références

Journal de 2005, de Benoît Brayer (*inédit*)
Les haïkus de Benoît, de 2019 (*inédit*)
L'homme devant la mort, de Philippe Ariès, I. *Le temps des gisants* (Seuil, « Points », 1977, p. 144)

Remerciements

Catherine Nabokov, l'agente inspirante
Philippe Rey, l'éditeur du *Train bleu*
Laurence Bourgeon, l'éditrice - cheffe d'orchestre
Thérèse-Marie Mahé, la préparatrice
Anne Offredo, la maquettiste
Nathalie Reignier Decruck, la correctrice
Claire de Soras, l'attachée de presse des premiers jours
Marie Dorcelus, l'attachée de presse des derniers jours
Benoit Arnould, le compagnon des écrivain·e·s en tournée
Stéphane Rébillon, le graphiste de la couverture
Simon Martin, le peintre des souvenirs

L'équipe commerciale : Hervé Adamczyk, Jérôme Becker, Annie Bourgade, Roland Chouteau, Gilles Couillard, Sandrine Ducrocq, Ombeline Ermeneux, Guillaume Loras, Phillipe Maulnier, Anne-Sophie Moszkowicz, Jean-Philippe Pilloux, Céline Pitt, Aurélia Spalacci, Gilles Torché, Arnaud Weill

La librairie *Les Mots à la bouche*, qui m'accueille pour le baptême de ce livre

&

Stéphane Arnavielle, Chantal Azaïs, Virginie Barreteau, Axel Cornillet-Perret, Claire Ducast & Thierry Le Coq, Géraldine Ghislain, Jean-François Halin, Natacha Henry, Florence Kaufmann, Joséphine Lebard, Vincent L., Chantal Lapeyre,

Guillaume Lebrun, Michèle Lévy-Soussan, Océane Madelaine, Gregory Messina, Ambre Morvan, Christophe & Stéphanie Mugnier, Serge Perrot, Marie-Pierre Planchon & Sahbi Chelly, Éric de Poulpiquet, Marine de Royer, Sylviane Saugues & Xavier Garnerin, Françoise Sliwka, Éric Tallon, Didier Varrod, Théophile Wild & Itaï Kovács, Renée & Albert Zumbiehl

Lieux de résidence

Avec le soutien de la résidence privée du château
de Kergouanton (Côtes d'Armor)
Merci à Laurence Noret & Sophie Gravel

Le château du Bouy à Champétières (Puy-de-Dôme)
Merci à Jean-Benoît L'héritier & Philippe Chambon

Le Performing Arts Forum (www.pa-f.net)
Pensées pour son fondateur, Jan Ritsema
(1945-2021)

Prix Benoît Brayer – Nouveau Talent
(Chambre syndicale de l'édition musicale)

Les premières lauréates sont :
Pi Ja Ma (2021)
Laura Cahen (2022)
November Ultra (2023)
Clara Ysé (2024)
Yoa & Théodora (2025)

Structures créées après la mort d'Ella Toulouse

L'association SMARCB1 Hope
https://smarcb1hope.org

La fondation Ella Toulouse
pour les cancers des adolescents et jeunes adultes
sous l'égide de la Fondation ARC

Pour me contacter

www.mathieusimonet.com
mathieusimonet@icloud.com

Mise en pages : Anne Offredo, Valravillon

Cet ouvrage a été achevé d'imprimer
en décembre 2025 dans les ateliers de
Normandie Roto Impression s.a.s.

N° d'imprimeur : 2505484
Dépôt légal : janvier 2026
ISBN : 978-2-38482-273-7
Imprimé en France